I0657650

# ŒUVRES CHOISIES

DE

## M. FAURE, DU SERRE,

ANCIEN SOUS-PRÉFET,

Membre de l'Académie Flosalpine.

GAP;

CHEZ DELAPLACE P. ET F., LIBRAIRES-ÉDITEURS,

*Rue de Provence.*

1858.

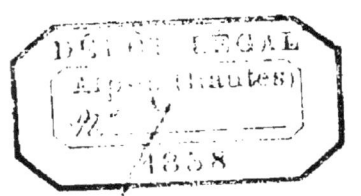

DÉPÔT LÉGAL
Alpes (Hautes)
22
1858

# ŒUVRES CHOISIES.

C.

# OEUVRES CHOISIES

DE

## M. FAURE, DU SERRE,

ANCIEN SOUS-PRÉFET,

Membre de l'Académie Flosalpine.

I. Le Banc des Officiers. — II. La Tallardiade. — III. Les Vogues du Champsaur. — IV. Pièces fugitives.

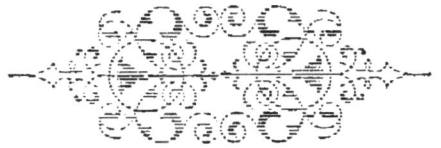

GAP,

CHEZ DELAPLACE PÈRE ET FILS, LIBRAIRES-ÉDITEURS,

*Rue de Provence.*

1858.

Gap, imprimerie DELAPLACE.

# PRÉFACE DES ÉDITEURS.

VIRGILE, au quatrième livre de ses *Géorgiques*, dit qu'il se souvient d'avoir vu un vieillard qui cultivait, sur les bords du Galèse, quelques arpents de terre qu'on lui avait laissé prendre sur un sol aride et couvert de ronces. Il y avait créé un jardin où croissaient les plus belles fleurs et d'excellents légumes. Il y consacrait tout son temps, et, après avoir travaillé pendant le jour, le soir il chargeait sa table de mets non achetés.

L'hiver même ne le tenait pas oisif, et quand le cours du soleil ramenait le printemps, ce sage était déjà à son œuvre.

Le poëte dit que son bonheur égalait celui des rois : *Regum opes æquabat animis.*

Il existe présentement vers les plus hautes Alpes, au pied du mont Chaillol, un autre vieillard qui cultive un petit bien rural auquel il consacre depuis 25 ans ses soins et son travail, et dont les produits ne suffisent pas toujours aux besoins de sa famille. Il a effondré, épierré, assaini la plupart de ses fonds, et, à l'âge de quatre-vingts ans, il n'ose pas croire encore que l'heure du repos soit venue pour lui.

Les travaux agricoles, dans cette localité, ne durent guère que six mois ; l'autre moitié de l'année se passe dans l'intérieur du village. Les habitants y sont alors occupés du soin de leur bétail. Quelques-uns exercent des arts mécaniques ; les femmes filent le chanvre et la laine dont la famille est habillée. Ce qui ne veut pas dire que l'âge d'or se soit réfugié dans cette localité des Alpes.

Quand le froid de l'hiver fend la pierre, selon l'expression de Virgile, et que la glace enchaîne les ruisseaux, le vieillard de Chaillol revoit et corrige ses œuvres littéraires, quelquefois même il écrit encore soit en prose, soit en vers.

C'est ainsi que le *Banc des Officiers*, son premier poëme, va paraître sous une forme toute nouvelle, et que la *Tallardiade* a reçu des corrections importantes et quelques ornements dont l'idée lui est venue depuis la dernière édition, et qu'il a pu réaliser parce qu'une longue vie lui a été accordée.

C'est ainsi qu'il a composé *Les Vogues du Champsaur*, et qu'il a su donner à ce petit poëme un coloris de jeunesse et de vérité locale qui a plu aux amateurs. Témoin le compte qui en a été rendu dans le *Courrier des Alpes* du 22 mai 1853, par un littérateur spirituel, secrétaire de la *Commission des chants populaires des Hautes-Alpes*.

Pour satisfaire un désir que la publication de ce recueil pourra faire naître, nous allons esquisser sommairement la biographie de notre auteur.

M. Faure, du Serre (1), est né le 24 mars 1776, à Cha-

---

(1) Le Serre, petit hameau de la commune de Chaillol.

botte, dans un petit hameau voisin de celui où naquit avant lui le savant père Para du Phanjas, de la compagnie de Jésus.

Son père était un cultivateur médiocrement fortuné, intelligent et laborieux, qui le destinait d'abord à l'état ecclésiastique. Ainsi, le jeune Faure commença ses études chez le curé de sa paroisse dès l'âge de neuf ans, et il les continua tant bien que mal jusqu'en 1791.

Alors la tourmente révolutionnaire dérangea tout le plan du père, et le fils resta plus de trois ans dans son petit village sans faire aucune autre étude.

C'est durant ce temps qu'il conçut lui-même le projet de devenir notaire. A l'âge de 18 ans, il se rendit à Grenoble pour tâcher d'acquérir les connaissances nécessaires à cet état. En arrivant dans cette ville, il se trouva fort embarrassé et non moins honteux en reconnaissant qu'il ne savait ni latin ni français. En effet, dans les très-mauvaises classes qu'il avait faites pendant son enfance, il n'avait appris ni l'une ni l'autre langue. A 18 ans, il ignorait encore qu'il y eût une Grammaire française.

Pendant son séjour à Grenoble, les œuvres de l'immortel Lhomond lui tombèrent entre les mains, et à l'aide de ses excellents livres classiques et de l'air qu'on respire dans cette ville, il apprit le français et surtout le latin, si bien que quand il a assisté plus tard aux examens des colléges, durant sa carrière administrative, il s'y trouvait à l'égal des meilleurs professeurs.

Devenu notaire dans un petit canton rural, à l'âge de 25 ans, il y a passé une dizaine d'années, faisant son état et cultivant les lettres, autant qu'on peut le faire seul et presque sans livres. C'est dans les loisirs de cette époque, la plus belle de sa vie, qu'il traduisit en vers le quatrième livre de l'*Enéide* et les douze premiers chants de la *Jérusalem délivrée*.

Il a lui-même supprimé la première de ces traductions

qu'il n'avait regardée que comme un exercice d'écolier.

Il a renoncé à la seconde depuis qu'il est entré dans une vie plus occupée, et surtout depuis qu'il croit que peu de personnes ont la patience de lire un long poëme en vers français.

Dès le premier temps de son notariat, les maires du voisinage prirent l'habitude de recourir à sa plume pour les affaires administratives où ils étaient quelquefois embarrassés. C'est par là qu'il fit alors son premier cours d'administration.

Nous avons à raconter ici une circonstance très-marquante dans la vie de M. Faure, puisqu'elle devint son point de départ pour entrer dans une autre carrière :

Le maire de Chabottonnes, son parent et son ami, conçut, en 1808, le projet de construire un canal d'arrosage, à dériver du Drac, pour l'irrigation d'une partie du territoire de sa commune. Mais comme ce canal ne pouvait servir à tous les habitants, peut-être aussi, parce qu'il allait profiter à la majeure partie des propriétés du maire, la majorité du conseil municipal se trouva d'abord en état d'opposition.

On se mit en grand mouvement dans ce petit lieu, d'actives démarches furent faites ; et, comme le maire de Chabottonnes était d'un caractère un peu dur, ne faisant sa cour à personne, on parvint assez tôt à soulever contre lui les principales notabilités du canton.

De plus, le canal projeté devait traverser le domaine d'un des plus forts propriétaires d'une commune voisine, résidant à Gap, où il n'était pas sans influence, et qui se mit à la tête de l'opposition.

Ainsi, quand la demande en autorisation fut présentée à l'autorité supérieure, elle se trouva aussitôt en butte à de nombreuses répulsions. La plus grave fut celle résultant d'un long rapport de l'Ingénieur en chef, qui concluait au rejet pur et simple.

Ce rapport fut adressé au maire avec invitation de fournir sa réponse, si bon lui semblait.

Le maire de Chabottonnes avait assez d'intelligence et une grande fermeté de caractère ; mais il était peu capable de soutenir par écrit la polémique où son affaire allait être engagée. Il eut recours à son jeune notaire qui le seconda dans son besoin avec d'autant plus de bonne volonté, qu'il avait été un peu mêlé dans les anathèmes lancés contre l'autocrate municipal. Il fit donc une réponse au rapport de l'Ingénieur, et il dirigea les démarches ultérieures du maire avec un soin tout particulier; si bien que M. de Ladoucette, alors Préfet du département, aplanissant, d'un trait de plume, toutes les difficultés, accorda l'autorisation demandée ; et le canal, entrepris aussitôt, fut achevé en peu de temps.

Plus tard, M. Faure écrivit une notice biographique sur l'auteur du canal d'arrosage de Chabottonnes, et la Société centrale d'agriculture lui décerna une grande médaille d'argent, dans sa séance du 3 mars 1823.

Depuis l'affaire de ce canal, la plume du secrétaire de la mairie de Chabottonnes fut connue de l'administration supérieure ; et, en 1811, une place lui fut offerte dans les bureaux de la préfecture. Il dut l'accepter, parce que, d'abord, l'organisation du notariat l'avait confiné dans le petit canton d'Orcières, et ensuite la nomination d'un second notaire dans le même canton avait tout à fait ruiné son existence dans cet état. Le notaire d'Orcières devint donc chef du bureau d'administration générale. (Il n'y avait point alors de chef de division).

Ainsi s'ouvrit ce qu'il a appelé lui-même son second cours d'administration, et ce fut quelquefois avec distinction : voici les traits principaux :

En 1813, après le désastre de Russie, une loi fut rendue qui ordonnait la vente des biens des communes, habituellement mis en ferme, circonstance qui faisait

présumer que la jouissance n'en était pas nécessaire aux
habitants.

Cette loi allait s'exécuter, et toutes les communes
ayant des montagnes qui sont affermées tous les ans aux
troupeaux transhumants de Provence, étaient dans une
grande anxiété. La ville de Gap, aussi, était alarmée pour
sa belle montagne de Bayard.

Sur ces entrefaites, M. Chazal, ancien membre du tribunal, arriva préfet des Hautes-Alpes. Le secrétaire général,
qui avait été chargé par intérim de l'administration du
département, s'empressa de fixer l'attention du nouveau
Préfet sur cette affaire. Les Sous-Préfets d'Embrun et de
Briançon étant venus lui faire leur visite officielle, expri-
mèrent la même sollicitude que le secrétaire général, et
le Préfet trouva bon de les retenir à Gap, pour délibérer
tous ensemble sur le parti à prendre.

Après trois jours de conférences, le Préfet proposa un
expédient. C'était le soir d'un samedi. Il dit à ces Mes-
sieurs : « Demain, dimanche, nous ne tiendrons pas de
« conseil, mais nous ferons autrement ; que chacun de
« vous, en particulier, prépare un mémoire à présenter
« au Gouvernement, et lundi nous nous assemblerons
« encore pour examiner les trois mémoires que nous
« résumerons ensemble, à l'effet de composer celui qui
« sera envoyé au ministre. »

Le Sous-Préfet d'Embrun fit part de cette résolution à
M. Faure, son ami, en sortant de la conférence. Celui-ci,
quoique simple chef de bureau, se dit en lui-même,
comme le Corrége devant la première peinture qu'il vit
de Raphaël : *Anch'io son' pittore!* « Et moi aussi je suis
peintre ! » et le lendemain il s'occupa à faire, de son côté,
un mémoire qui ne lui était pas demandé.

Le lundi au matin, le même Sous-Préfet d'Embrun
entra dans le bureau de M. Faure, qui lui dit, avec un
certain embarras, qu'il avait aussi essayé de travailler sur

l'affaire en question, et il remit son écrit au Sous-Préfet qui le porta sur la table du conseil.

La séance ne fut pas longue ; et le Sous-Préfet revint bientôt, avec des cris de joie, annoncer à M. Faure que son travail avait été trouvé excellent. En effet, M. le Préfet l'adopta en entier. Il le fit expédier tout de suite, et il obtint que les montagnes ne seraient pas vendues.

A partir de cette époque, le chef de bureau de l'administration générale se trouva hors ligne parmi les employés de la Préfecture, et il commença à contre-balancer le secrétaire général.

En 1814, sous l'administration de M. Harmand-d'Abancourt (1), qui avait succédé à M. Chazal, il reçut de ce jeune et habile administrateur des marques de distinction si flatteuses, qu'elles embarrassèrent plus d'une fois sa modestie.

La plus mémorable eut lieu devant le Conseil général, à l'ouverture de la session de cette même année. Nous en supprimons le détail pour ne pas réveiller des susceptibilités qui peuvent durer encore.

En 1815, il fut nommé secrétaire général, et en 1817, il fut immolé, en bouc émissaire, au profit d'un haut fonctionnaire qui en avait besoin.

> . . . . . . . . *Et pourtant,*
> *En ce pré de moines passant*
> *Il n'avait que tondu la largeur de sa langue* (2).

Après la suppression des secrétaires généraux, il eût voulu rentrer dans son village ; mais sa femme s'y refusa constamment. Elle avait, plus que lui, l'espérance d'un retour de fortune, et surtout elle n'aimait pas la campagne. Il fallut donc s'arranger pour vivoter dans Gap, en

---

(1) M. d'Abancourt est mort Pair de France

(2) La Fontaine, *les Animaux malades de la peste.*

attendant mieux, et c'est en 1818, lorsqu'il était sans emploi, qu'il se donna celui de consacrer poétiquement la mémoire du Chartreux de Tallard.

Il fut nommé Sous-Préfet de Sisteron par ordonnance du 21 août 1822. Il entra en fonctions le 8 septembre suivant, et il en sortit, à pareil jour, en 1830. L'arrondissement de Sisteron, comme le département, était alors divisé en deux partis politiques. L'administration de M. Faure fut louée par l'un, et n'a jamais été blâmée par l'autre.

En 1830, il fut proposé pour la croix d'honneur, qui devait lui être accordée à la St-Charles. Après les journées de juillet, il n'a pu avoir que la lettre d'avis suivante, à lui écrite par M. Des Croses, préfet des Basses-Alpes, le 26 du même mois.

« *Digne*, *le 26 juillet 1830.*

« Monsieur le Sous-Préfet.

« S. Ex. le Ministre de l'intérieur, à qui je me suis empressé de faire connaître vos efforts pour le succès des élections, me charge de vous témoigner toute sa satisfaction du zèle avec lequel vous avez, dans cette circonstance importante, servi les intérêts de la monarchie.

« Mon rapport sollicitait pour vous la Croix d'honneur; Son Excellence daigne me promettre de ne pas perdre de vue cette demande à la réussite de laquelle je mets un grand prix; et elle ajoute : *Ce sera pour moi un objet d'une attention particulière, mais tout travail relatif aux décorations de la Légion d'honneur doit être suspendu jusqu'à la Saint-Charles.*

« Il me serait bien doux, mon cher Collaborateur, de vous voir obtenir une récompense si flatteuse de vos bons services, et de pouvoir contribuer à ce qu'elle vous soit accordée.

« Veuillez agréer, avec l'expression de ce vœu, celle de mes sentiments aussi distingués qu'affectueux.

« *Le Préfet,*

« B. Des Croses. »

Au commencement de cette notice, nous avons dit quelle a été l'existence de notre auteur, depuis 1830.

A l'âge de 82 ans, il vient de faire une charmante pièce de vers qu'il a intitulée le *Monument filial*, en mémoire de sa mère. Elle sera imprimée à la fin de ce Recueil.

D·····.

# LE BANC

# DES OFFICIERS.

### POËME

EN QUATRE CHANTS.

# AVERTISSEMENT.

La meilleure préface qui puisse être faite pour le *Banc des Officiers*, se trouve, sans contredit, dans la correspondance que le Maire et le Curé de la Motte lièrent avec le Préfet au sujet de leur querelle. Cette correspondance consiste en quatre lettres reproduites ci-après. On y voit bien clairement dans quel esprit ces deux antagonistes guerroyaient l'un contre l'autre. On y voit aussi le germe des principaux événements racontés dans le poëme.

Cette nouvelle édition va se trouver débarrassée d'une foule d'épisodes que l'auteur, jeune alors, avait voulu encadrer dans le plan de la première. Il a compris depuis que c'était plus que peine perdue. *Est modus in rebus.*

Après la nouvelle dédicace, on y trouve l'ancienne conservée par l'auteur, soit à cause du seul sonnet qu'il a fait en sa vie, soit pour avoir une occasion de plus d'exprimer sa reconnaissance inaltérable envers l'excellent homme qui fut son bienfaiteur. Il est des devoirs dont la mort ne dispense pas ; elle ne les rend que plus augustes.

# CORRESPONDANCE ADMINISTRATIVE

## CONCERNANT

# LA DISPUTE DU MAIRE ET DU CURÉ

## DE LA MOTTE.

*La Motte, 5 août 1809.*

*Le Maire de la Motte,*
*A Monsieur le Préfet du département des Hautes-Alpes.*

Monsieur,

D'après ce que vous me fîtes l'honneur de me dire, j'ai fait placer un banc dans l'église de ma commune à la place qui m'a paru la plus convenable; M. le Curé l'a trouvé mauvais, sous le prétexte que c'était où il voulait placer le confessionnal; il vous en a parlé, je le sais. Mais il y a plus d'inquiétude de sa part que de toute autre chose, et je vous avoue qu'ennemi de toute espèce de tracasserie, si le banc n'était pas placé, j'y renoncerais. Mais il est essentiel qu'il reste dans l'endroit où il est, parce que, si vous ordonniez de le mettre partout ailleurs, vous comprenez que ce serait décider que j'ai eu tort; qu'ainsi vous me déconsidéreriez aux yeux de mes administrés. J'espère donc que, par l'intérêt particulier que vous prenez aux maires de votre département, vous n'ordonnerez aucun changement à cet égard, d'autant plus que le confessionnal qui a été le prétexte de la réclamation de M. le Curé, peut être placé dans plusieurs autres endroits de l'église.

*Signé par le Maire de la Motte.*

*Gap, le 11 août 1809.*

## Le Préfet des Hautes-Alpes, au Maire de la Motte.

Vous m'annoncez, Monsieur, par votre lettre du cinq de ce mois, que vous avez fait placer dans l'église de votre commune un banc pour la Mairie, et vous m'indiquez par un plan l'endroit où vous l'avez établi. Je pense, M. le Maire, que, pour la dignité de votre place, vous auriez pu, ainsi qu'on le pratique partout, mettre le banc à droite de l'autel. L'espace qui se trouve entre la balustrade et l'autel de la Vierge, vous en offrait la possibilité et l'avantage. Je vous invite donc, pour l'honneur même de la Mairie, à faire le changement que je vous indique.

*La Motte, le 4 octobre 1809.*

## Le Recteur de la paroisse de la Motte, à Monsieur le Préfet des Hautes-Alpes.

J'avais eu l'honneur, Monsieur, de vous porter mes justes plaintes relativement au mauvais état où se trouvait l'église.....

Le peuple justement irrité de voir que presque tout manque pour célébrer décemment le culte, après avoir bien payé, et voyant au contraire que des peintures inutiles, très-chères, dont on eût pu se passer, n'ayant pu faire la Pâque faute de confessionnal, voyant au contraire à sa place un banc énorme relativement à l'enceinte de l'église, placé malicieusement sous le nom de *banc de Mairie*, au côté opposé à l'esprit de la loi, pour être *au milieu des filles*......

. . . . . . . . . . . . . . . . . . . . . . . . . . . . . . . . . . . .

M. le Maire s'obstine à ne vouloir pas siéger dans l'endroit où avaient siégé les chatelains et consuls, comme place d'honneur. Le peuple fatigué de voir cette famille privilégiée dans l'église et ses inscriptions *de nom et de Mairie* sur un tableau et une église qui appartient à tous; il a plu, on ne sait qui, de jeter son banc la nuit dernière dans un canal, ce qui me peine d'autant plus, que s'il veut encore un banc de famille, *il peut en résulter des malheurs.*

M. le Maire m'a dit dans l'église, en présence de quatre témoins, que je n'avais que la messe à dire, et que dans l'église tout le reste le regardait.

NOTA. Pour l'honneur du Curé, on n'a imprimé cette lettre que par extrait; elle est fort longue et contient de pitoyables détails dans un style plus pitoyable encore.

*La Motte, le 12 octobre 1809.*

## Le Recteur de la paroisse de la Motte, à Monsieur le Préfet des Hautes-Alpes.

Il en coûte à mon cœur, Monsieur, d'être forcé à vous instruire si souvent des scandales qui se multiplient dans mon église. J'avais eu l'honneur de vous marquer que dans la nuit du 3 au 4 du courant, on avait enlevé le banc de la famille Lagier, sous le nom de banc de Mairie; M. le Maire en a fait placer de suite un autre, toujours au mépris de la religion, à la place du tribunal de Jésus-Christ, contre la loi du gouvernement qui fixe le banc des maires au côté opposé, où dix maires pourraient siéger. Il est de mon devoir de défendre la cause de Dieu et les intérêts du peuple dans l'église; c'est pourquoi j'attends bonne et prompte justice.

Si le Maire s'obstine à violer impunément une loi qui le regarde particulièrement, comment fera-t-il observer les lois à ses administrés? La loi, je vous prie, et toute la loi que vous faites si bien exécuter!

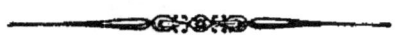

*A Monsieur Grimaud, des Hautes-Alpes, magistrat,*
*à Grenoble.*

Monsieur et cher compatriote,

Il n'y a pas encore longtemps que j'ai eu le plaisir de faire votre connaissance. Nous étions ensemble à Corps en 1841. Là vous entreprîtes en ma présence de louer le *Banc des Officiers* et d'en faire l'analyse à un homme aimable et spirituel comme vous, qui ne connaissait pas ce poëme.

Pour moi, j'écoutais en silence et je ressentis une certaine peine en vous voyant engagé dans cette matière, car déjà je m'étais rendu compte de mon ouvrage et j'étais un peu honteux de tant d'épisodes oiseux et assez mal amenés, par lesquels j'avais détruit la belle simplicité de mon sujet, j'avais subi la loi commune; par une bizarrerie bien surprenante, l'esprit humain commence toujours par se jeter dans les embarras et les difficultés. C'est la marche générale des hommes et des peuples, dans les arts d'agrément, dans les arts mécaniques et même dans les modes. C'est ainsi qu'en France les femmes ont longtemps porté des coiffures énormes et monstrueuses, avant de songer à l'élégante parure d'un seul ruban.

C'est donc un peu à votre occasion que je résolus de remanier entièrement mon poëme et d'en ramener la composition dans ses limites naturelles. Pour atteindre ce but, je me suis fait une règle qui me semble mériter d'être posée comme un principe de l'art : c'est de se tenir dans le vrai autant que cela est possible et de n'aller pas chercher le vraisemblable trop loin, quand on a besoin d'y recourir.

Enfin j'espère que vous aimerez mon second travail, puisque vous n'avez pas dédaigné le premier.

## A Monsieur le Comte Alexis de Noailles.

Toi qui sais des grandeurs parcourir la carrière,
Sans fausser la vertu qui te guide toujours,
Alexis, noble ami ! ma muse serait fière
Si ces vers obtenaient leur part de tes amours.
Mon Maire et mon Curé tous deux d'humeur altière,
Leurs faits audacieux, leurs superbes discours,
D'événements divers le tragique concours
Et mon art au besoin arrangeant la matière :
Tout ce drame, dit-on, vaut un autre Lutrin.
Pour lui concilier la faveur du destin,
Je te l'ai dédié ; ton nom le fera vivre.
Sur cette liberté, de grâce, excuse-moi,
Et dans ces mots placés en tête de mon livre,
Agrée un souvenir du bien que je te doi.

# LE BANC DES OFFICIERS.

## CHANT PREMIER.

Aux Alpes, près du bourg où naquit Lesdiguières,
La Motte fut un lieu de trois fois vingt chaumières,
Bâti sur le penchant d'un gracieux coteau
Que la Severaissette arrose de son eau.
Là, des prés et des champs également fertiles,
Donnent de bons produits pour des travaux faciles.
Heureux si des ravins, tombant du haut des monts,
Ne venaient quelquefois engraver les moissons.

Promu dans ce village aux fonctions de Maire,
Alphonse y dépassait la portée ordinaire.
Dans son petit ressort, dictateur orgueilleux,
Sur les droits de sa place il veillait des deux yeux.
En servant son pays, pour toute récompense,
Il voulait du respect et de l'obéissance ;
Du reste, il eut toujours le cœur droit, et sa main
Couvrait d'un sûr abri la veuve et l'orphelin.

Une autre autorité, d'un ordre plus antique,
Exerçait près de lui son pouvoir pacifique.
C'était un vieux Curé qui, dans un autre temps,
Quand le peuple nommait aux évêchés vacants,
Habilement servi par l'esprit de cabale,
Obtint sur vingt rivaux la mitre épiscopale.
Mais revenu depuis à son premier état,
Il conservait pourtant le titre de prélat.
Elevé plus que tous, lorsqu'il était en chaire,
Ailleurs il se tenait à la hauteur du Maire.

L'un ministre du Ciel, l'autre organe des lois,
Ils aimaient un pays dont ils étaient les rois.
Tous deux faisaient le bien de leur petit royaume ;
Et le bonheur encore habitait sous le chaume.
On y voyait un peuple heureux, content et gai ;
C'étaient les habitants d'un autre Paraguay.
En paix, en joie, en biens leur vie était féconde,
Et lorsqu'enfin la mort les tirait de ce monde,
Le Curé, s'animant d'un intérêt nouveau,
Les bénissait encore au delà du tombeau.

D'un lieu presque inconnu tel était le bien-être ;
Mais un malheur survint qui le fit trop connaître.
Un jour pour voir la terre et jouir de son mal,
La Discorde sortit du royaume infernal.

Au-dessus de nos monts passant d'un vol agile,
Surprise, elle aperçut un village tranquille,
Jouissant du bonheur, de la paix..... Quel affront !
Ses serpents indignés sifflèrent sur son front.
Le monstre pour tout voir s'arrêta dans sa course.
D'un ordre qui l'offense il reconnaît la source ;
Et du son effrayant de sa sinistre voix,
Les rochers d'alentour retentissent trois fois :
Elle dit : « J'avais lieu d'être contente et fière ;
« J'ai couvert de brandons l'Europe toute entière,
« L'empire de la paix est détruit sans retour ;
« Le guerre et les combats sont à l'ordre du jour ;
« Partout on voit voler les aigles de la France ;
« Ici c'est pour l'attaque et là pour la défense ;
« Les peuples tous ensemble, ou vainqueurs ou vaincus,
« Demandent un repos qu'ils ne retrouvent plus.
« Seul, un hameau pourrait... Non, deux fois non, j'en jure
« Par les esprits vitaux qui forment ma nature.
« Du Maire et du Curé je vais rompre l'accord,
« Et par eux, autour d'eux, créer un autre sort. »

Le Maire de la Motte, en ce jour mémorable,
Régalait vingt amis réunis à sa table.
Invisible et sans bruit, la fille des enfers,
Dans le lieu du festin, s'abat du haut des airs,
Et pour l'empoisonner, contemple cette fête.

C'est au front du Curé que son regard s'arrête :
Sur ce front autrefois la mitre avait tracé
Un cordon par le temps non encore effacé.
Assis dans le banquet aussi haut que le maire,
A montrer ce vieux signe il semblait se complaire,
Et dans le même esprit il portait un gilet
Qui jadis eut l'éclat du plus beau violet.
D'abord, en arrivant, il a béni la soupe ;

Convive officieux, maintenant il découpe.
Un heureux mouvement règne dans le repas,
On dépèce les mets, on fait passer les plats;
Et le Maire joyeux, pour égayer son monde,
S'entoure de flacons et fait boire à la ronde.
Aux premiers mets servis succèdent d'autres mets.
Sur la fin du repas on boit plus que jamais;
O fatale boisson! L'odieuse Mégère
De son haleine impure infecte l'atmosphère,
Et souffle dans le vin un funeste poison
Qui va du prélat même égarer la raison.
Ainsi quand le printemps réjouit la nature,
Quelquefois d'un brouillard l'exhalaison impure
Passe au-dessus des champs, corrompt l'air et détruit,
Dans l'ovaire des fleurs, le germe de tout fruit.
Ainsi dans le salon du Maire de la Motte,
La parole s'anime et le bon sens cahote.
Dès lors plus de gaîté, de bons mots, ni de ris;
L'infernale vapeur a troublé les esprits.
Chacun veut tout savoir, et l'esprit de chicane
Fait approuver par l'un ce que l'autre condamne.
Tous parlent, nul n'écoute. On dirait au palais
Les docteurs de Thémis embrouillant un procès.
La Discorde en sourit, et sa noire malice
Porta dans l'assemblée un dernier maléfice.

En un temps éloigné, voisin de l'âge d'or,
Avant que nous fussions et bien longtemps encor,
Avant que le Curé parvint à la prêtrise,
Le peuple de la Motte, en fondant son église,
Avait mis dans un coin, masqué par deux piliers,
Un banc qui s'appela le *Banc des Officiers.*
C'est là que se plaçaient les consuls du village.
Le Maire de nos jours, l'élevant d'un étage,
Dans ce banc vaniteux monte par trois gradins

Quand parfois il assiste aux offices divins.
Mais il s'est plaint souvent que sa place est trop sombre,
Qu'il n'est vu de personne ou n'est vu que dans l'ombre.

Alphonse, dans le cours de son banquet fatal,
Parla de déplacer le confessionnal.
« C'est en son lieu, dit-il, que mon banc doit se mettre. »
Le Curé lui répond : « Cela ne peut pas être,
« C'est moi qui vous l'assure. » Et le Maire, soudain,
« Vous en aurez menti, cela sera demain.

A ce mot, le Curé se lève, prend sa canne,
Et part en secouant un pan de sa soutane ;
Son chapeau sur son front est posé de travers,
De ses yeux enflammés jaillissent des éclairs ;
Il est déjà sorti de la salle où l'on dîne,
Il s'éloigne, en courant à travers la cuisine,
Et heurte du genou le bord d'un gros mortier ;
Le meuble renversé se vide tout entier ;
Le sel s'épand par terre : ô terreur ! quel présage !
On voit dans le salon pâlir certain visage.

Le Curé fuit sans voir tant de sel répandu,
Et sans songer au coup sur sa jambe étendu :
Il ressent dans son cœur une peine plus vive,
Un souci plus cuisant tient son âme captive.
Rentré dans son logis, il se tait. Cependant
De ses sens agités le trouble est évident.

Sa servante Babet, cette pierre angulaire
Qui seule maintefois soutint le presbytère,
Veut savoir son malheur. « Qu'a-t-on dit ? qu'a-t-on fait ?
« Parlez-donc. » Le vieillard lui répond à regret
Et pousse un gros sanglot en redisant l'offense.

2

Dans ce premier moment, Babet faisait silence,
Les yeux fixés à terre et croisant ses longs bras;
Pour mieux sentir l'outrage elle ne parlait pas,
Lorsqu'elle vit du sang sur le pied de son maître.
« Que vois-je ? reprit-elle : O ciel ! le sang d'un prêtre !
« C'était trop peu pour lui qu'un propos insolent.
« Votre bas déchiré, votre soulier sanglant;
« Voilà, voilà des faits que mon œil considère,
« Et qui me font plaisir à force de colère.
« Ce précieux ami, ce magistrat divin,
« Comme un rare bijou classé dans votre écrin,
« Vous aurez cette fois appris à le connaître !
« De ce vieil engoûment vous reviendrez peut-être.
« Etais-je dans l'erreur ? n'avais-je pas raison,
« Quand je vous conseillais d'éviter sa maison ?
« Alphonse ! ce nom seul me met sur les épines. »

Babet sort à l'instant, va trouver ses voisines,
Et là fondant en pleurs et se frappant le sein,
Elle alarme à bon droit le peuple féminin.
Des femmes du hameau l'obséquieuse élite
A leur digne pasteur viennent rendre visite,
Et des plus tendres soins lui portent le tribut.
Qu'il est grand l'intérêt qu'on prend à son salut !
Chacune en arrivant, dans une humble posture,
En répandant des pleurs, contemple la blessure.
Puis se mettant à part, la troupe tint conseil
Pour poser sur la plaie un premier appareil;
Et toutes à l'envi proposent leur remède;
Voilà que sur ce point on disserte et l'on plaide :
L'une vante la sauge et l'autre le plantain,
Celle-ci le pavot, celle-là le gramen.
Enfin broyant ensemble et l'eufraise et l'ortie,
On couvre mollement la blessure amortie;
Et le divin malade est porté dans leurs bras,

Sur son lit rehaussé d'un triple matelas.
Oh ! d'un cœur irrité que le sort est à plaindre !
La colère est un mal que nous devons tous craindre !
Le Curé, cette fois, étourdiment couché,
Ne fait point de prière et dort dans le péché.

N'importe, puisqu'il dort, quittons le presbytère ;
Après qu'il fut parti, que fit-on chez le Maire ?
Ce rival, enflammé par la bile et le vin,
S'excita vivement à faire le mutin.
« A-t-on vu, reprit-il, ce squelette de prêtre ?
« On eût dit qu'il allait sauter par la fenêtre.
« Parce que j'ai parlé du confessionnal,
« Il nous a de la guerre adressé le signal.
« Cette arche d'alliance est-elle encor si sainte
« Qu'on n'y puisse toucher sans danger ni sans crainte ?
« Vain Curé ! nous rions de ta folle menace.
« Ton meuble vermoulu nous cédera sa place.
« Il est parti ! tant mieux ! son bon vouloir pour moi
« N'a jamais été pris pour article de foi.
« Pitoyable Romain, son habit qu'il secoue,
« Serait mis en lambeaux et traîné dans la boue.
« Ennemi sans pouvoir, d'arrogance bouffi,
« Ce signe m'est connu, j'accepte son défi.

« Et vous, hôtes que j'aime et qui voulez ma gloire.
« Egayons-nous céans. Qu'on nous apporte à boire.
« Il y va de l'honneur ; faisons voir aujourd'hui
« Que nous saurons encor nous amuser sans lui.
« Et demain nous irons, réunis en cortége,
« Conférer à mon banc son juste privilége. »

A ces mots, il se tut ; et suivant son dessein,
L'assemblée, en buvant, répondit : A demain !
Tant tous étaient livrés à l'esprit de vertige !

L'adjoint municipal, Noël seul s'en afflige ;
Lui seul dans cette orgie a sauvé sa raison.
Tel un saint patriarche appelé de son nom,
Quand le crime autrefois inondait la nature,
Seul, au milieu du mal, garda son âme pure.

Noël est, dans la Motte, à la gloire de Dieu,
L'oracle et le recteur des pénitents du lieu.
Il a reçu du ciel la prudence en partage ;
Il est depuis trente ans l'arpenteur du village.
A l'aide du calcul qu'il apprit autrefois,
Il pousse le savoir jusqu'aux règles de trois ;
Il sait compter l'épacte et prédit, à son aise,
Si la lune qui vient sera bonne ou mauvaise.
Eh ! que ne sait-il pas ? plutôt mourir de faim,
Que d'être, lui treizième, assis dans un festin.
Ce sel, par accident, tombé dans la cuisine,
Pronostique à ses yeux une immense ruine.
Le sage là-dessus fait un raisonnement
Sur lequel son esprit revient incessamment :
Qui ne sait qu'en tel cas une seule salière
Suffit pour consterner une famille entière !
Lui-même il se leva pour contempler le mal ;
Il vit de tant de sel l'épanchement total.
Triste objet, à ses yeux encor plus déplorable
Que le serait un pain à l'envers sur la table !

Ainsi dans ce lieu plein de tumulte et d'erreur,
Quand chacun y tenait un langage flatteur,
Où chacun s'empressait pour encenser l'idole,
Noël s'enferme en soi sans dire une parole,
Pressé de voir finir ce banquet désastreux.

Cependant Alexis, le plus jeune d'entre eux,
Greffier municipal et confident du Maire,

Se redresse et se met à chanter pour lui plaire.
Les autres, au refrain, chantant tous à la fois,
A grand bruit, sans accord, font éclater leurs voix.
Leurs cris allaient croissant, et ce concert bizarre
Ne fut plus à la fin qu'un affreux tintamarre.

Sur le tard, Marcellin, glorieux vétéran,
Raconta les combats d'Arcole et de Wagram.
Dans ces lieux renommés, son bras, s'il faut l'en croire,
Ne fut pas étranger au gain de la victoire.
Il décline les noms des héros et des rois;
Orateur éloquent, du geste et de la voix,
Il veut des bataillons figurer les manœuvres;
Ses yeux étincelants sont comme deux couleuvres.
L'écume de sa bouche imbibe ses voisins;
Il frappe des deux pieds, il se débat des mains,
Et deux plats qu'il renverse au fort de la bataille,
Vont terminer leur sort au pied d'une muraille.
Le bruit de la faïence amortit son élan.

Déjà l'astre des nuits, penché vers l'Océan,
Précipitait son char sous la voûte étoilée.
Les heures au repos appellent l'assemblée.
Tous partent; et le maire, en leur serrant la main,
Leur redit le projet remis au lendemain.

# LE BANC DES OFFICIERS.

-oo-oo-oo-oo-

## CHANT SECOND.

L'aurore aux doigts de rose, au front pur et brillant,
Ouvrait au dieu du jour les portes d'Orient.
Alphonse trop fidèle aux projets de la veille,
Sur sa couche ébranlée, en sursaut se réveille ;
Il se fait apporter le somptueux surtout
Qu'il revêt tous les ans au grand jour du quinze août,
Habit au colet haut qui dérobe à la vue
La moitié de sa tête élégamment tondue

Il prit ses bas de soie et ses boucles d'argent
Et, brochant sur le tout, pour un soin plus urgent,
Il nouait sur ses flancs, en forme de ceinture,
L'insigne spécial de sa magistrature,
Lorsque le bon adjoint, justement soucieux,
De bonne heure levé, se présente à ses yeux :
Noël, en soupirant, vient lui parler d'un songe
Dont il a, pour son bien, inventé le mensonge.
Alphonse, lui dit-il, j'accours dès mon réveil;
Vous daignâtes parfois écouter mon conseil;
Je vous viens maintenant entretenir d'un rêve.
Ce rêve à mes esprits ne laisse point de trêve :

  « Avec nos pénitents, au-devant du Lutrin,
« Nous étions réunis dès l'aube du matin.
« Nous chantions, éclairés par le feu d'un grand cierge,
« Alors j'ai vu trembler l'image de la Vierge.
« Le flambeau devant nous en colonne croissant,
« A vomi vers la voûte un dragon menaçant.
« Le temple s'est rempli de feux et de fumée,
« L'autel a disparu, la nef s'est enflammée.
« Eperdus, nous fuyons; mais déjà dans les airs
« La flamme se roulait en tourbillons divers.
« Puis soudain abaissés par un bruyant orage,
« Les feux en un instant ont couvert le village.
« Et la Motte n'a plus offert dès ce moment,
« A nos yeux effrayés, qu'un vaste embrasement.
« Peut-être direz-vous que ce n'est là qu'un songe.
« Mais sur d'autres objets ma crainte se prolonge;
« Il est des accidents d'un sens mystérieux
« Où parfois l'avenir se dévoile à nos yeux. »

  Le Maire lui répond : « Ame pusillanime,
« Que n'avez-vous un peu du beau feu qui m'anime !
« J'ai parlé, tout est dit, nous placerons mon banc.

« C'est le veu de la loi, c'est le droit de mon rang.
« Et qu'importe, après tout, que le Curé s'en plaigne ?
« Notre siècle d'un cran a vu baisser son règne.
« Et dussions-nous briser le confessionnal,
« Couché dans votre lit, dormiriez-vous plus mal ?
« Que m'importent aussi vos songes, vos chimères ?
« Et qu'allez-vous compter au plus grave des maires ?
« Ce flambeau, ce dragon, vos feux, vos tourbillons,
« Ne sont à mon avis que folles visions.
« Allez, rassurez-vous. Moi, d'une main hardie,
« Je me charge en tout temps d'étouffer l'incendie. »
Là, des deux magistrats se borna l'entretien.
C'est en vain que l'adjoint conspire pour le bien ;
Il n'est pas écouté ; la discorde farouche
Livre au vent les conseils qui sortent de sa bouche.
En s'en allant, il trouve au bas de l'escalier
Le garde communal et Bois le menuisier.
Ils sont mandés tous deux, chacun pour son service ;
Le premier est chargé du soin de la police,
Et le second, muni de clous et d'un marteau,
Raffermira le banc dans son état nouveau.

En attendant son monde Alphonse temporise.
Tous sont venus enfin et l'on part pour l'église.
Le Maire sur ses pas voit marcher son conseil,
Et lui seul, plus que tous, rehaussant l'appareil,
Fixe l'attention par sa superbe allure,
Son costume brillant et sa haute stature.
Sous les murs d'Ilion, tel parut autrefois,
Au milieu de ses Grecs, Atride, roi des rois ;
A son aspect, l'armée elle-même était fière
De l'orgueil de son front, de sa démarche altière.

Le Maire et son escorte entrent dans le saint lieu.
Aucun d'eux n'a souci de rendre hommage à Dieu.

Tous sont impatients de consommer leur crime ;
Même esprit les conduit, même ardeur les anime.
Le confessionnal, ce tribunal sacré,
Où le pécheur s'accuse, où siége le Curé,
Que l'humble piété de respects environne,
Cette arche de Sion n'a rien qui les étonne.
Les modernes Oza la poussent dans un coin,
Comme un meuble vieilli, sans honneur et sans soin.
Et bientôt rajusté, de sa coupable masse,
Le banc usurpateur couvre la même place,
Et l'altier magistrat aux yeux des assistants,
S'y pose avec orgueil pendant quelques instants,
Préconisant ainsi son œuvre sacrilége,
Et pour se montrer grand aux yeux de son cortége.

Tout étant consommé, son hostile cerveau,
Loin de se reposer, enfante un trait nouveau.
Rentré dans sa mairie, il saisit une plume.
Battons le fer, dit-il, puisqu'il est sur l'enclume.
Pour cerner le Curé dans un étroit enclos ;
Il prend un arrêté qu'il publie en ces mots :

« Vu les lois et décrets, vu les sénat-consultes
« Rendus jusqu'à ce jour en matière de cultes ;
« Pour que l'ordre en ce lieu soit dûment introduit,
« Nous Maire de la Motte ordonnons ce qui suit :

« Sont faites au Curé défenses très-expresses
« De bénir d'un hymen les dernières promesses,
« S'il n'a su par écrit que, courbés devant nous,
« Déjà les fiancés sont devenus époux.

« Lui défendons aussi d'ouvrir le cimetière,
« Dans les cas de décès, pour escorter la bière,
« A moins d'un passavant, pris ès notre bureau,

« Portant que le défunt peut descendre au tombeau.

« Surtout nous ordonnons qu'un budget authentique
« Légalise l'emploi des fonds de la fabrique ;
« Que la caisse à trois clefs se ferme, et le Curé,
« Désormais s'abstiendra d'en user à son gré.

« L'ancien Seigneur n'est plus ; le Maire tient sa place ;
« Dans les solennités, de bon cœur, sans grimace,
« Le Curé voudra bien, par deux coups d'encensoir,
« En passant devant nous, accomplir son devoir. »

Tandis que tout succède au bon plaisir du Maire,
Le silence et le deuil régnaient au presbytère.
Toutefois le prélat n'est informé de rien.
Qu'il dorme..... Ainsi Babet l'ordonne pour son bien.
Plus tard il saura tout, lorsque sa maladie
Cessera de tenir sa grandeur engourdie.

Au fond du presbytère, en un réduit où l'air
Est frais durant l'été, tiède pendant l'hiver,
Son lit était dressé. C'est là que le saint homme
Dans cet après-midi dormait d'un léger somme.
Le sommeil, doux présent que Dieu fit aux humains,
Reçut la mission d'adoucir nos destins.
C'est lui qui rafraîchit notre sang dans nos veines ;
Son repos de nos corps vient soulager les peines,
Et nos esprits aussi, lassés de leurs travaux,
Se retrempent la nuit dans ce même repos.
Ainsi, je reconnais que je lui dois moi-même
La plupart des bons vers qui sont dans ce poëme.
Le sommeil est encor l'ange de bon conseil,
Qui parle dans nos cœurs au moment du réveil,
Et, dans les plus grands maux, prescrit la patience.

Le Curé de la Motte en fit l'expérience.
Couché depuis la veille au fond de son dortoir,
Il a presque oublié son outrage du soir.
Et l'heureux appareil posé sur la blessure,
L'a réduite à l'état d'une simple écorchure.
Il sent pourtant encore, il en a fait l'aveu,
Un reste de douleur au genou ; mais c'est peu.
Il voulait se lever. Babet l'en dissuade
Et d'un ton bref et clair gourmande son malade.
Pendant deux jours au moins il doit garder le lit.
Donc il le gardera, puisque Babet l'a dit.
De même qu'à l'autel le Curé parle en maître,
Babet dans le logis donne des lois au prêtre.
Là domine son sens, là se trouve son bien,
A l'entendre elle a tout et son maître n'a rien.

Le prélat dans son lit n'eut jamais la pensée
Qu'Alphonse poursuivrait son idée insensée.
A peine il s'en souvient comme d'un propos vain,
Dans un moment de trouble, inspiré par le vin.
Grâce aux soins de Babet, il est tranquille encore ;
Le crime est consommé, mais sa grandeur l'ignore.

Marguillier et sonneur, le fidèle Remi
En qui le presbytère eut toujours un ami,
Se trouva dans l'église à l'heure que le Maire
Y vint inaugurer sa morgue téméraire ;
Ainsi Remi, témoin de tout ce qu'on a fait,
Au défaut du Curé, put le dire à Babet.
« J'étais dans le parvis de l'église étonnée,
« J'ai vu venir le Maire et sa troupe effrénée,
« Portant dans le lieu saint un train de carnaval.
« Comme ils ont abordé le confessionnal,
« Déversant sur son bois le mépris et l'insulte !
« On parlait, on riait, on courait en tumulte ;

« Ils se sont joués tous, comme des protestants,
« D'un vieux bonnet carré qu'ils ont trouvé dedans.
« Et le Maire, bouffi de sa magistrature,
« En face des autels nous prodiguait l'injure.
« Surtout pour le Curé ! !... Si vous saviez quel ton
« Il affectait de prendre en prononçant son nom !
« Aux mots dont il ornait le rabat et l'étole,
« Le diable l'aurait pris pour son maître d'école. »

Remi parlait encor : le garde communal,
Arrive et leur remet l'édit municipal.
Or, Remi savait lire, il en fait la lecture.
Babet à chaque mot se refrogne et murmure ;
Son visage pâlit ; elle tremble, son sein
Rebondit par l'effet d'un gonflement soudain,
Et l'orage éclata. D'une ondée échappée,
Tout à coup, sous ses pieds, la chambre fut trempée.
O détresse ! Remi sérieux et prudent,
Fut sur le point de rire en ce grave accident.
Puis elle s'écria : « Fort de notre faiblesse,
« Demain l'audacieux voudra dire la messe.
« Comme il marche à grands pas dans la route du mal !
« Son décret faisant suite au confessionnal,
« Est un autre attentat également indigne. »

Babet de son Curé leva donc la consigne.
D'un changement si prompt le malade surpris
Ne s'en étonna plus quand il eut tout appris ;
Il lut en s'habillant l'arrêté de police,
Il le trouva rempli d'orgueil et de malice.
Aussitôt à l'église il marche avec Remi,
Il veut voir le dégât causé par l'ennemi.
Avant que d'arriver dans l'enceinte divine,
Il est déjà brûlé d'une fièvre intestine ;
Il entre, il voit le banc ; et dans l'ombre, à l'écart,

Le confessionnal échappe à son regard.

A l'aspect de ce monstre énorme, affreux, impie,
Il fut comme l'on est alors qu'on perd la vie,
Il voulut à grands cris lamenter son malheur ;
Mais sa voix ne put pas répondre à sa douleur ;
Sa voix à chaque effort retombait étouffée ;
Tel un homme abreuvé des pavots de Morphée,
Pris par le cauchemar, veut crier au secours,
Son haleine s'épuise en gémissements sourds ;
Tous ses cris ne vont pas au delà de sa couche,
Quand il s'éveille, il est tout suant et farouche.
Tel fut en arrivant le malheureux Curé.
Enfin, las de gémir, haletant, atterré,
Quand ses yeux s'humectant purent verser des larmes,
Sa voix dans les sanglots exhala ses alarmes.

« O grand Dieu, toi qui vois, de la hauteur des cieux,
« Les œuvres qui se font ici-bas, en tous lieux,
« Toi qui peux réprimer les folles entreprises,
« Qui doit surtout veiller au bien de nos églises,
« As-tu pu tolérer cet énorme attentat ?
« Eh ! que me revient-il d'avoir été prélat ?
« Un paroissien impie, un Maire de village,
« Jusqu'au pied des autels me poursuit et m'outrage !
« L'insulte de chez lui, je voulais l'oublier ;
« Mon honneur jusque-là pouvait s'humilier.
« Mais qu'ici sans pudeur, déposant toutes craintes,
« Il porte effrontément la main aux choses saintes !
« Mon Dieu, verse sur lui la coupe de ton fiel,
« Venge mes propres droits et venge ceux du ciel. »

Remi qui se connaît en colères de prêtre,
Lui dit tout bas : « C'est bien, tâchez de vous remettre.
« Voilà Dieu mis en cause ; il a dû vous ouïr,

« Laissez-lui maintenant le temps d'y réfléchir. »
A ces mots, le Curé sent sa douleur moins vive.
Du prudent marguillier la parole naïve
A frappé son esprit d'un rayon lumineux;
Il se calme; et bientôt ils s'en vont tous les deux.
Les ombres de la nuit, conduites par les heures,
Remplissaient des mortels les paisibles demeures;
Les vents n'agitaient plus ni les flots ni les airs;
Les habitants des lacs, des fleuves et des mers,
Le peuple des oiseaux, les béliers, leurs compagnes,
Les hôtes redoutés des bois et des montagnes,
Tous les êtres livrés aux langueurs du repos,
Oubliaient en tous lieux leurs plaisirs et leurs maux.

Rentrés chacun chez soi, les partisans du Maire
Goûtaient du doux sommeil le calme salutaire,
Lui seul veillait encor. Ce fier triomphateur,
A l'amour d'une femme abaissait sa hauteur :
Dans le manoir modeste où vivait sa maîtresse,
Il vint se pavaner et vanter sa prouesse.
Tels ces preux chevaliers si vantés autrefois,
Les Nemours, les Couci, les Montfort, les Dunois,
Accouraient vers leur dame et lui faisaient hommage
Des plus nobles fleurons conquis par leur courage.
C'est là que leur grand cœur ressentait tout le prix
D'une noble louange ou d'un tendre souris.

Alphonse avec bonheur entretenait Julie :
« A mon honneur présent votre avenir se lie;
« Vous serez quelque jour assise dans mon banc,
« Tenant à vos côtés des enfants de mon sang.
« Dans l'église, élevée entre toutes les femmes,
« Vous serez du pays la première des dames.
« L'implacable Curé, quelqu'en soit son ennui,
« Se tournant à l'autel, vous verra devant lui;

« Dans les solennités, aux jours de grande fête,
« Ses bénédictions floreront votre tête.
« A cinq pas de l'autel, tous deux et nos enfants,
« Nous aurons, malgré lui, notre part de l'encens. »

Tel était son langage, et sa jeune maîtresse,
D'un bonheur si charmant, savourait la promesse ;
Elle eût voulu lui dire : A quand remettez-vous
D'abréger les délais et d'être mon époux ?
Mais elle n'osa pas ; une femme sensée
Doit beaucoup sur ce point ménager sa pensée.

Alphonse en la quittant lui dit : « Julie, adieu.
« Un devoir à remplir m'éloigne de ce lieu.
« Adieu. Pendant huit jours je dois rester en ville,
« Mais mon cœur avec vous sera dans cet asile. »

# LE BANC DES OFFICIERS.

<oo—oo—oo—oo>

## CHANT TROISIÈME.

Le monde est fait ainsi ; les grandeurs d'ici-bas
Ne sont le plus souvent que troubles et combats.
Le Maire s'est trop tôt repu de gloriole,
Déjà l'adversité l'appelle à son école.
Les femmes, à l'endroit du divin tribunal,
L'accusent promptement d'abus municipal ;
Son œuvre audacieuse, antichrétienne, impie,
Réveille dans leurs cœurs la ferveur assoupie.

Un grand complot se forme, aidé d'un grand secret ;
Au rendez-vous d'un soir, indiqué chez Babet,
Toutes viennent sans bruit, sans fuseau ni quenouille ;
A les voir on eût dit des soldats en patrouille.
Leur front n'était orné d'aucun de ces atours
Dont elles aiment tant à parer leurs beaux jours.
La nuit et le projet qui roule dans leur tête,
Les dispensent du soin qu'on doit à la toilette.
C'est ainsi qu'on les voit, dans la belle saison,
Arriver dans un champ pour faire la moisson.

A l'air du presbytère, une flamme nouvelle
S'allume dans leurs cœurs, déjà si pleins de zèle.
Babet incessamment leur souffle son esprit ;
De moment en moment leur troupe se grossit.
Remi, le marguillier, avait su cette trame ;
Il arrive vêtu des robes de sa femme,
Il s'abstient de parler, mais sa taille et son port
Ont annulé la femme et montrent l'homme fort.
Son travestissement est reconnu d'emblée.
Sa présence à la joie excite l'assemblée ;
Il en est accueilli comme un secours puissant.

Babet, pour affermir leur courage naissant,
Leur dit : « Voyez mes plats, voyez mes casseroles ;
« Ici sont des creusets et là des ravioles ;
« Puis un ragoût friand que je dois au hasard.
« Une chasse s'est faite, et j'ai reçu ma part
« D'un jeune et beau chamois tué sur Londonière (1).
« J'ai des truites qu'on vient de prendre à la rivière ;
« Chez moi comme chez vous, toujours à peu de frais .
« Nous avons à foison le beurre et les œufs frais.
« Courez donc à l'église, allez, troupe choisie,

(1) Montagne près de l· Motte.

« Confondre des méchants l'énorme fantaisie,
« Et bientôt au retour nous ferons un repas
« Où le grand Agramant ne présidera pas. »

A ces mots de Babet, on sort de la cuisine.
Avec ordre et sans bruit, la troupe s'achemine.
On marche vers l'église. O prodige nouveau !
Vingt femmes sans parler traversent le hameau !
Remi d'un pied plus ferme et portant haut la tête,
Guidait avec bonheur cette marche secrète.
Tel un coq villageois, beau d'orgueil et d'amour,
Comme un roi d'Orient, parfois sort de sa cour,
Et, dans les champs voisins, poussant sa promenade,
Il marche environné d'une nombreuse escouade;
Dans les lieux qu'il parcourt tout son peuple le suit.
*Notez pourtant qu'un coq ne marche pas la nuit.*

L'église de la Motte, avec son cimetière,
Est distante, au levant, d'un double jet de pierre.
A l'heure qu'il était, en venant dans ce lieu,
Leur hardi coup de main n'était vu que de Dieu.
Le Marguillier, suivi de sa fidèle escorte,
Arrive et du saint temple ouvre la double porte,
A l'aide des flambeaux qu'il allume, il produit
La clarté du grand jour au milieu de la nuit;
Et, sans retardement, on se mit à l'ouvrage,
Ce fut comme l'éclat d'un violent orage.
Les fougueux champions ne gardent plus de rang;
C'est à qui le premier abordera le banc.
Tous les bras animés d'une fureur divine,
Frappent à coups pressés la fatale machine.
Elle tombe, on la brise, et ses tristes éclats
Sont foulés sous les pieds, sont roulés en un tas,
Poussés hors de l'église et, pour comble d'injure,
Plongés avec horreur dans une fange impure.

La troupe satisfaite offrit ses vœux à Dieu,
Et le saint tribunal fut remis en son lieu.
Le pieux marguillier, voisin de la prêtrise,
Qui sait passablement les rites de l'église,
Chanta devant l'autel deux moitiés d'*Oremus*,
Et, sans y rien manquer, récita l'*Angelus*.

Tout étant consommé, l'on vint au presbytère ;
Les femmes en entrant ont garde de se taire.
Là chacune veut dire et redire à Babet
Ce que ses yeux ont vu, ce que son bras a fait.
Remi, pour contenter ces gloires féminines,
Leur décerne en commun le titre d'héroïnes.
Puis il bénit la table avant que de s'asseoir ;
Le Curé n'eût pas mieux accompli ce devoir.
De plus, comme le vin répugne à bien des femmes,
Il eut soin, en soupant, de boire pour ces dames.
Et, pendant qu'il servait, par un heureux hasard,
Toujours de son côté tombait la bonne part.

Tout finit. Quand le coq chanta la troisième heure,
On quitta du Curé la joyeuse demeure.
Et ce repas charmant fut le seul que Babet,
Dans le cours de sa vie, ait donné sans regret.

Mais, pendant cette nuit si glorieuse aux femmes,
Que faisait en son lit le directeur des âmes ?
L'heureux Curé dormait, éloigné de tout bruit.
Babet du grand complot ne l'avait pas instruit ;
Elle s'en réservait ainsi toute la gloire,
Et, quand à son lever, il apprit cette histoire,
En regardant Babet, sa prudence comprit
Que dans ce petit corps logeait un grand esprit.

Pour n'avoir pas le tort d'être trop en arrière,
Il s'empresse à son tour de se mettre en lumière.
Ses ordres sont donnés; il veut, devant l'autel,
Consacrer ce grand jour par un chant solennel.
Sur cet avis, Remi, fidèle à son service,
Donna publiquement le signal de l'office.
Les fidèles du lieu, par la cloche appelés,
Dans un concours nombreux se virent assemblés;
Mais l'église avant tout devait être bénie.
Tout fut donc préparé pour la cérémonie :
Le Curé, revêtu de ses habits de lin,
Descend du maître-autel, l'aspersoir à la main,
Et, du front d'un héros qui gagna vingt batailles,
Il marche en arrosant le peuple et les murailles.
Mais un lâche espion, le greffier Alexis
S'est glissé dans un coin..... Tel, parmi les brebis,
Un loup s'introduisant ferait semblant de paître.
Déjà plus d'un regard a signalé le traître.
Le Curé s'avançant, indigné de le voir,
Droit au milieu du front lui lance l'aspersoir.
Alexis voit venir le trait qui le menace,
Il détourne la tête et, désertant la place,
Il s'enfuit, trop heureux de n'être point blessé.
Le fatal instrument avec force poussé,
Va sifflant sur le bord d'une longue corniche,
Et brise, en s'arrêtant, un vieux saint dans sa niche.

L'ordre se rétablit, et le peuple pieux,
Avec calme et bonheur, chanta l'hymne joyeux.
Le Curé triomphait, fier dans son presbytère;
Neuf jours il s'applaudit d'un succès éphémère;
Il croyait que, témoin de l'élan du pays,
Le Maire resterait pieds et poings engourdis.
C'est qu'il connaissait peu la trempe de son âme,
Que la guerre enhardit, que le danger enflamme.

Tandis que tant de faits d'un ordre si nouveau,
Sans nul empêchement, se passaient au hameau,
Le Maire, ignorant tout, dans la ville prochaine,
Eût beau se prélasser, pendant une semaine.
Muse, raconte-moi quel intérêt puissant
Retint, huit jours entiers, ce magistrat absent,
Ou plutôt à nos yeux retrace sa surprise,
Son trouble, sa fureur, en revoyant l'église,
Et sentant le Curé qui rit à ses dépens.
Il proféra ces mots avec des cris stridents :
« Quoi, mon banc est brisé ! mon banc gît dans la fange !
« Quel affront inouï ! quelle révolte étrange !
« J'étais absent ; mais vous, Marcellin, Alexis,
« Et dix municipaux, inutiles amis !
« Serais-je le jouet des caprices d'un prêtre ?
« Il s'est moqué de moi, faute de me connaître ;
« Mais il me connaîtra. Dès demain, à mon tour !
« J'atteste que demain, avant la fin du jour,
« Le pays m'aura vu confondre son audace.
« Mon bras sera fidèle à l'honneur de ma place. »

Il dit et court, jurant sur le nom du Curé,
Chez Bois, son menuisier ; il arrive effaré.
Il est nuit. Bois qui sait l'insulte faite au Maire,
Comprend de prime abord que c'est un banc à faire.
Lui-même, en se hâtant, il appelle à grands cris
Nicolas et Paulin, ses jeunes apprentis ;
Et, tous deux effrayés à la voix de leur maître,
Ils furent habillés avant de se remettre.

Tel qu'on dépeint Vulcain dans l'île de Lemnos,
Au milieu de la nuit allumant ses fourneaux,
Lorsqu'il forge pour Mars les armes de la guerre
Ou du maître des dieux le rapide tonnerre,
Tel et plus diligent, on voit le menuisier

Mettre en activité son bruyant atelier.
Il choisit à dessein les planches les plus dures,
Le bois sous les rabots se détache en planures,
La hache, à coups mordants, fait voler les copeaux ;
On fait crier la scie, on frappe les ciseaux.

Le Maire, ayant ainsi disposé toutes choses,
Se retire chez lui ; l'y voilà, portes closes,
Sur son lit qu'il tourmente invoquant le repos.
Mais le sommeil pour lui n'avait plus de pavots.
Il passa sans dormir cette nuit presqu'entière,
Donnant à ses pensers une libre carrière.
Il eut des visions quoiqu'il fût éveillé ;
Dans de sombres vapeurs son esprit embrouillé,
Le mène combattant autour du presbytère,
Il l'emporte d'assaut. Après, que doit-il faire ?
L'ennemi n'est pas pris ; seulement il a fui...
Une autre idée encor lui cause quelque ennui :
Il craint que du public l'opinion ne tienne
La cause du Curé meilleure que la sienne.

De ses premiers rayons, l'astre, père du jour,
Commençait à dorer les coteaux d'alentour.
Le garde communal annonce à son de trompe,
Que le Maire bientôt va sortir avec pompe,
Dans sa place d'honneur portant un banc nouveau.
Le garde à cette fête invite le hameau ;
Les éclats redoublés de l'instrument sonore,
Réveillent le Curé qui sommeillait encore.
Ce bruit porte en son âme une juste frayeur,
Son corps est tout à coup imbibé de sueur ;
Il se lève ; et bientôt accourus tous ensemble,
Ses fidèles amis que la crainte rassemble,
Entrent au presbytère, et pas un ne comprend
Ce qu'on peut espérer dans un danger si grand.

En les voyant venir, le vieillard se rassure ;
Votre concours, dit-il, m'est d'un heureux augure.
« Amis, nous sauverons le confessionnal,
« Serrez-vous sur mes pas, en ce moment fatal,
« Rendons-nous à l'église, et, dans la sacristie.
« Allons saisir l'instant d'une heureuse sortie. »

Le prélat avait lu dans les livres divins,
Qu'au siècle de David, lorsque les Philistins
Portaient en Ephraïm la mort et le pillage,
Ce grand roi ne dut pas, au gré de son courage,
D'un combat régulier affronter le hasard.
Dans le bois des poiriers, il se tint à l'écart,
Déguisant son armée et gardant le silence.
L'oracle du Seigneur dirigeait sa prudence.
Quand l'heure fut venue et le signal donné,
David sortit ; bientôt tout fut exterminé.

Ainsi notre Curé, dans ce péril suprême,
Prend sagement conseil de l'Ecriture même ;
Ainsi, son auditoire, édifié par lui,
S'apprête à l'entourer d'un généreux appui ;
Il les mène à l'église et, dans sa forteresse,
Il s'enferme avec eux après sa courte messe.

# LE BANC DES OFFICIERS.

-oo—oo—oo—oo-

## CHANT QUATRIÈME.

Muse, reprends haleine ; et, dans tes derniers vers,
Du choc des deux rivaux fait retentir les airs.
L'heure fatale approche, et, plus qu'à l'ordinaire,
Le pays va souffrir du feu de leur colère.

Le Maire avec orgueil voit son banc terminé,
Une heure même avant que midi fût sonné ;
Son dessein n'étant pas de bâtir sur le sable,

Pour rendre à tout jamais son œuvre respectable,
Il y grave un distique en forme d'écriteau
Et pose, au bout des vers, l'empreinte de son sceau.
Par un troisième cri la commune appelée,
Devant le menuisier se forme en assemblée ;
Le Maire aurait voulu voir arriver l'adjoint,
Il attendit en vain ; Noël ne parut point.
Alors les Conseillers, d'une voix unanime,
Arrêtent que le banc, par un honneur sublime,
A bras d'homme porté, parcourra le hameau ;
Que le Maire en costume, honorable fardeau,
Elevé sur le siége où chacun le contemple,
Sur ce char de triomphe entrera dans le temple.

Alphonse à tant d'honneur se refuse d'abord.
Sur ce point, avec eux, étant tombé d'accord,
Il s'assied. A l'instant, huit porteurs volontaires,
Tous humbles serviteurs du plus altier des maires,
Viennent, et sur leur dos exhaussent le brancard.
Le Maire autour de lui promène un long regard ;
Et le peuple assemblé, jusqu'au bout de la rue,
D'un long saisissement se trémousse à sa vue.
Des amis, des flatteurs, par des signes joyeux,
Honorent le cortége assemblé sous leurs yeux.
Le grand ménétrier des vogues champsaurines,
Amené par le Garde, est venu de Molines :
Lui-même ouvre la marche et, sur le chalumeau,
Il fait ouïr les airs qui plaisent au hameau.
Tous poussent ce beau cri qu'un faux zèle condamne,
Ce cri cher aux échos de Chaillol et d'Autanne (1),
Qui fait naître la joie et, dans l'ordre moral,
Ne rappelle à l'esprit ni le bien ni le mal,

(1) Le cri de *ioufoufou!* si usité dans le Champsaur pour exprimer la joie ; c'est ce qu'on appelle *hucher*.

Ces chants, ces cris, ce bruit, à travers les collines,
Allaient vers le levant retentir à Molines,
Et, passant à l'ouest au bord du Dévoluy,
Il s'étendait au sud, jusqu'anx roches du Puy.

Les dix municipaux, deux devant, huit derrière,
Environnaient de près l'honorable litière,
Tandis qu'au-dessus d'eux, l'heureux Maire au milieu,
Elevait fièrement le front d'un demi-dieu.
Julie, en le voyant passer sous sa fenêtre,
S'écrie avec bonheur : « Voilà notre vrai maître. »
Alphonse en souriant l'honore d'un coup d'œil :
Doux tribut que l'amour fait payer à l'orgueil.

Le glorieux cortége arrive dans le temple.
Ecoutez, grands du monde et méditez l'exemple :
Alphonse jusqu'au chœur veut se faire porter,
A l'angle d'un pilier le banc vient à heurter ;
Les porteurs par le choc repoussés en arrière,
Chancèlent sous le faix et, glissant sur la pierre,
Ils lâchent tout à coup les supports du brancard.
O malheur ! O désastre ! Alphonse, l'œil hagard,
Victime des honneurs dont ce grand jour le berce,
Se débat dans le vide et tombe à la renverse ;
Il pousse un cri d'effroi dont mugit le plafond,
Et, frappé d'un grand coup, le pavé lui répond.

A ce bruit, son rival sort de la sacristie
Et fond, sans pourparler, sur la troupe ennemie.
Une rare fureur animait le prélat ;
Il ouvre, le premier, la lice du combat :
Par un rude soufflet il couvre le visage
Du piteux menuisier trouvé sur son passage.
De la chute du Maire alors tout occupé,
Bois tombe sans savoir quelle main l'a frappé.

Le marguillier, témoin de cette audace sainte,
Se dévoue à son tour et bannit toute crainte;
Il marche sur le garde et lui meurtrit les reins
D'un grand coup de balai qu'il assène à deux mains.
Le garde, pour parler à l'agresseur farouche,
Tourne sa lourde tête, ouvre sa grande bouche;
Mais le bois ennemi s'y plonge en même temps,
Fait avorter sa voix et lui brise trois dents.

Le Maire n'a pas eu le temps de se remettre
Et nul autre n'osait lutter contre le prêtre.
Le guerrier Marcellin, en ce jour de malheur,
Ne sut pas retrouver son antique valeur;
A l'ombre d'un pilier, blotti comme une femme,
Lui-même il s'étonnait du trouble de son âme;
Le Curé qui l'a vu, par un subit élan,
Fait un détour adroit, surprend le vétéran
Et, de deux coups de pied l'atteignant au derrière,
Le vainqueur de Wagram a baisé la poussière.

Alexis, à l'aspect des hauts faits du Curé,
Sentit aussi son cœur par la peur resserré;
Il s'enfuit de l'église et, vivant, il s'enterre
Dans une fosse ouverte au bout du cimetière.
Au palais de Saint-Cloud, tels certains députés,
Désertèrent leur poste à pas précipités,
Devant Napoléon, sautant par les fenêtres.
Mars ne peut pas compter sur les hommes de lettres.

La victoire sourit au parti du prélat.
Plus de lâches chez lui; tous volent au combat,
Tous brûlent du désir de signaler leur zèle;
Les coups portés par eux tombent comme la grêle.
Le Maire et ses fauteurs vivement repoussés,
Les uns transis de peur et les autres blessés,

Reculent en désordre et, tremblante cohorte,
Pour sortir à la fois s'entassent à la porte;
Tandis que le Curé, par des coups meurtriers,
Et des pieds et des mains assaillit les derniers,
Sur les marches d'entrée il les culbute en masse
Et, d'un bras triomphant, il leur ferme la place.

Mais enfin de sa chute Alphonse est-il remis,
Il revient sur ses pas, marche à ses ennemis.
O réveil du lion ! rapides aventures !
De la porte ébranlée il brise les serrures.
Vainement trente bras, réunis en dedans,
Par un commun effort, soutiennent les battans;
Le temple s'ouvre..... Alors, sous la voûte sacrée :
S'avance furieux cet autre Briarée.
Alphonse seul devient l'arbitre des combats;
Tout tombe autour de lui, sous les coups de son bras.
Tel Samson, brandissant une ignoble mâchoire,
Seul défit une armée et chanta sa victoire.
Tout fuit. Telle la feuille, au retour de l'hiver,
Se détache des bois, vole éparse dans l'air.
Le prélat consterné, trahi par la fortune,
Devant son ennemi courut à la tribune,
Et là craignant encore et pour mieux se cacher,
Avec le marguillier, monta dans le clocher.

Le banc fut mis alors dans la place conquise.
Le Maire à haute voix proclama sa devise :
« Grands et petits, ce banc que vous voyez ici,
« Aura tous vos respects, nous l'entendons ainsi. »
Puis il dit : « Je m'abstiens de faire la harangue
« Que ce grand jour pourrait inspirer à ma langue ;
« Content d'avoir vengé mon honneur et mes droits,
« Je ne dirai qu'un mot : Ainsi que, dans le bois,
« Il faut qu'en tous les cœurs mon distique s'imprime. »

Ce mot fut approuvé d'une voix unanime. »
Le banc étant placé, le Maire en grand régal
Retint tous ses amis et fit donner un bal.

Cependant le Curé redescend dans l'église,
Passe devant le banc, lit trois fois la devise,
Il en gémit; bientôt le ci-devant prélat,
D'un coup de mandement poursuit le magistrat :

« Paul, Curé de la Motte, au peuple catholique,
« Salut! nous déclarons sacrilége, hérétique,
« Apostat, réprouvé de l'église et de Dieu,
« Alphonse, soi-disant le Maire de ce lieu.
« Avec lui sont compris au présent anathème,
« Son conseil, ses fauteurs et les personnes même
« Qui, sans participer directement au mal,
« Ont usé de ses mets ou dansé dans son bal.

« Il est un autre cas périlleux pour les âmes.
« A la peine du dam nous condamnons les femmes
« Qui viendront dans l'église et porteront les yeux
« Sur l'apostat assis dans son banc orgueilleux.
« Chrétiens, c'est le veau d'or dont le peuple raffole,
« Soyez avec Moïse et détestez l'idole. »
Ainsi pour réprimer l'essor de son rival,
Le Curé retrouva le ton pontifical.

Confiée à Remi, la virulente bulle,
Avec rapidité, de main en main circule,
Et d'un trouble nouveau remplit bien des esprits.
Tel un tison ardent jeté dans un taillis,
Embrase le foyer où son feu s'alimente,
Et bientôt porte au loin sa flamme dévorante.

La Motte est partagée entre les deux rivaux.

Le Maire dans ses rangs compte les indévots,
Tous ces hommes dont l'âme en forme de matière,
Aux choses d'ici-bas s'attache tout entière.
Les amis du Curé plus nombreux, mais moins forts,
Par un zèle exclusif se donnèrent des torts.
Pour eux le mandement est une apocalypse
Où leur esprit s'égare, où leur raison s'éclipse.
Des docteurs féminins, oracles de la loi,
Fondent sur chaque mot un article de foi,
Et dépassant du bien la limite modeste,
Font la vertu douteuse et leur cause funeste.

Les voisins, les parents, les plus anciens amis
Ne sympathisent plus, s'ils diffèrent d'avis.
Les surnoms odieux de relaps, d'hérétique,
D'un vol précipité, font fuir la paix publique.
Tous les cœurs sont changés; Julie avec effroi
S'accuse devant Dieu d'avoir promis sa foi.
Babet faisait sans fin ouïr sa voix plaintive;
La Motte est à ses yeux la moderne Ninive.
Il faut prier, jeûner; et cet autre Jonas
Voulait du Curé même amender les repas.

Le Maire et ses fauteurs, roidis contre l'outrage,
Dans des libations retrempaient leur courage,
Et, faussant par humeur leur ancienne raison,
De la discorde encore ils aident le poison.
Comme un titre de gloire ils portent l'anathème,
Après la moquerie ils placent le blasphème.
Le Curé, sans honneur, en butte à leurs propos,
Serait moins maltraité parmi les huguenots.
On immole sans cesse, aux traits du ridicule,
Le grand fulminateur de la petite bulle;
Ce prélat dégradé, ce vieillard décrépit,
Mysanthrope et têtu, dont le gothique esprit,

Peu savant et bourré de vieilles balivernes,
Ne saurait s'allier aux allures modernes.

La Discorde triomphe et le monstre infernal,
A des maux déjà grands, ajoute un plus grand mal.
Le servile Alexis, au sortir d'une orgie,
Par une nuit obscure, au feu d'une bougie,
Pénètre dans l'église et, sur un saint tableau,
Au-dessus de l'autel, il met cet écriteau :
« Gloire à Dieu dans ce temple, et gloire à notre Maire! »
Rapprochement impie! alliance adultère!
Au retour du matin, le malheureux prélat,
En regardant l'autel, vit cet autre attentat.
Grand Dieu! le Maire inscrit parmi les choses saintes!
Des douleurs de la mort il sentit les étreintes.
Et, sans retardement, par un rescrit nouveau,
Des offices divins il priva le hameau.
Par son ordre formel l'église fut fermée
Et la religion demeura supprimée.
Défense au marguillier de sonner l'*Angelus*,
Et même les mourants ne se confessaient plus.
Le fatal interdit suspendit la prière,
Le Curé se gardait d'ouvrir son bréviaire ;
Se levait, se couchait sans se mettre à genoux,
Pour laisser le champ libre au céleste courroux.

Babet de son côté, d'une voix furibonde,
Annonçait l'Ante-Christ, prêchait la fin du monde.
Et l'on ne voyait plus, en passant dans ce lieu,
Qu'une race livrée aux châtiments de Dieu.
Le Curé se fondait sur ce désordre extrême ;
Il osait espérer que le Maire anathème
Comprendrait le devoir de réparer son tort.
Sans doute Alphonse eût dû proposer un accord,
Et terminer enfin cette grande infortune ;

Quelqu'un vint l'en prier au nom de la commune,
Et ce Maire superbe, à l'instar du grand roi,
Répondit fièrement : « La commune, c'est moi. »

O Noël, sage adjoint ! quelle ère de folie !
C'est ta prédiction de tout point accomplie.
Voilà bien le pays plongé dans un grand feu ;
Alphonse en est la cause et n'en fait pas l'aveu.
Qu'il entende les cris poussés dans le village ;
Que fait-il, immobile, au sein de cet orage ?
Pourquoi ne pas borner le cours de tant de maux,
Lui qui vaut un hercule et ses douze travaux ?
Où donc est cette main si ferme et si hardie
Qui devait d'un seul coup arrêter l'incendie ?
Hélas ! pourquoi, placé comme ses devanciers,
A-t-il voulu changer le banc des officiers ?
Maudit soit son orgueil ; c'est la bête funeste
Qui porte la famine, et la guerre, et la peste.

On en parlait au loin ; le Préfet du pays
N'en reçut que trop tard le déplorable avis.
En homme ami du bien et qui savait le faire,
Ce préfet jusqu'à soi fit monter cette affaire ;
Il recueillit les faits et vit, non sans douleur,
Quelle cause futile avait fait ce malheur.
Il se rend sur les lieux, et sa voix paternelle
Fait voir aux contendants leur faute mutuelle.
Tous deux un peu honteux, à ses ordres soumis,
S'embrassent devant lui, redeviennent amis.
Lui-même il marque au banc sa place dans l'église,
En un lieu distingué l'arche sainte est remise.
L'anathème se lève, et le peuple du lieu,
Dans une grande joie, en rend grâces à Dieu.

4

# LA

# TALLARDIADE.

## POËME

### EN HUIT CHANTS.

# AVERTISSEMENT

Après avoir été le chantre assez badin du Chartreux
de Tallard, j'aurais voulu être son biographe très-sérieux.
Un précis véritable de sa vie antérieure serait comme le
frontispice naturel de la Tallardiade. Personne ne serait
fâché de connaître à fond un homme fort extraordinaire
par le rôle qu'il a joué à Tallard dans l'espace de quelques
mois. Mais la vie tout à fait retirée que je mène depuis
plusieurs années, et qui m'a fourni les loisirs nécessaires
pour remanier mon poëme, ne saurait s'accorder avec
les démarches que j'aurais été obligé de faire pour réunir
les matériaux de son histoire. A cet égard, je me trouve
réduit aux souvenirs qui sont restés dans mon esprit,
d'une lettre que le curé de Gap reçut au temps que le

Chartreux faisait grand bruit parmi nous. Ce sage curé, moins confiant que celui de Tallard, écrivit en Bretagne et il en reçut quelques renseignements qu'il communiqua avec réserve à ses meilleurs amis. Voici ce que j'en ai retenu :

L'abbé Raymond, natif de Quimper, n'était que diacre lorsqu'il sortit de la chartreuse de Gaillon, au commencement de notre première révolution. On ne fait pas l'éloge de sa conduite pendant son séjour au couvent. Peu après sa sortie, il a dû être ordonné prêtre à Evreux ou aux environs, par un évêque constitutionnel.

Bientôt le jeune ecclésiastique voulut se tirer du commun des prêtres. Il répandit le bruit qu'un de ses oncles, ancien négociant, venait de mourir aux Etats-Unis, après l'avoir institué héritier de ses biens qui étaient considérables. Dès lors, il commença à faire des emprunts, à vivre avec splendeur, et il obtint rapidement de la considération et du crédit.

Il acheta, non loin d'Evreux, une terre d'un grand prix appelée Beauchêne, dont il se mit en possession ; et il sut tellement abuser l'ancien propriétaire par des promesses de fonds qui devaient toujours lui arriver d'une semaine à l'autre, que sa jouissance dura près d'un an. En attendant, il faisait faire des coupes considérables dans les bois du domaine et il se procurait ainsi les moyens de fournir aux dépenses de sa brillante maison.

Enfin, chassé de cette terre et obligé de fuir, il se réfugia à Gray, dans la Franche-Comté, où l'on dit qu'il exerça la médecine avec un succès prodigieux ; mais ce succès encore ne fut pas de longue durée. Après certain temps, il fut forcé de se sauver de nouveau.

Depuis son évasion de Gray, jusqu'à son arrivée à Tallard, il s'est écoulé bien des années pendant lesquelles il est perdu de vue. Tout porte à croire qu'il passa à l'étranger et qu'il a parcouru l'Allemagne et l'Italie en jouant le rôle d'émigré. C'est sous ce titre qu'il se présenta à la préfecture des Hautes-Alpes en 1816, accompagné de M. le curé de Tallard, son cousin, et qu'il vint réclamer la liquidation de sa pension ecclésiastique.

L'auteur de la Tallardiade le vit alors pour la première fois, et il dut lui faire observer que le temps était passé pour cette sorte de liquidation, que la forclusion était prononcée par un décret spécial..... Mais le Chartreux insista ; et au moyen de quelques papiers peu réguliers qu'il produisit, peu de temps après sa pension fut en effet liquidée, au grand étonnement du secrétaire général de la préfecture.

C'est à cette circonstance que font allusion quelques vers du cinquième chant du poëme.

Dans la même occasion, on lui demanda pourquoi il n'avait pas fait ses diligences plus tôt ; il répondit à peu près en ces termes : « Monsieur, je suis revenu fort tard « de l'émigration, et quoique rentré en France, je n'ai « rien voulu demander à l'usurpateur ; il m'eût répugné « de recevoir un sou de son trésor. Mais notre bon Roi « étant aujourd'hui sur le trône, je sollicite la pension « qui m'est due, non point pour l'argent qui m'en revien- « dra, mais bien pour l'honneur d'être au nombre des « pensionnaires de Sa Majesté. »

Il ne doit pas être question ici de ce qu'il a fait à Tallard ; c'est dans le poëme qu'on trouvera les faits et gestes de ce personnage singulier, dans un pays et chez un curé qui ont semblé avoir été expressément faits pour lui. Seulement je ferai remarquer que, dès les premiers mois de son arrivée, il commença à faire des dons considérables ; ce qui veut dire qu'il puisa de bonne heure dans la bourse de son cousin ; car il est impossible de supposer qu'il avait lui-même apporté de l'argent. Les hommes de sa trempe n'ont jamais eu de pécule.

Pendant l'hiver de 1816, lorsqu'une grande disette

régnait dans notre département, le gouvernement avait
mis des fonds entre les mains de l'administration, pour
venir au secours des communes les plus nécessiteuses;
on accorda un jour 1,100 francs à celle de Tallard; et le
Maire, après avoir témoigné sa gratitude selon la formule
ordinaire, ajouta : « Ceci fera quelque bien ; mais pour-
« tant ce serait peu de chose au milieu de tant de besoins,
« si la providence n'y avait pourvu d'une autre manière.
« Heureusement il est arrivé à Tallard un homme riche
« et bienfaisant, qui distribue chaque jour des sommes
« importantes pour le soulagement des pauvres. »

Bientôt le mérite de cet envoyé de Dieu se fit jour : sa
réputation s'étendit et devint grande ; le tout à l'aide d'une
fausse correspondance adroitement liée avec un prétendu
neveu qu'il se créa dans la Bretagne, sous le nom très-
connu de comte de Coëtlosquet-de-Kerlorec. Il écrivait
lui-même de la main gauche les lettres de ce dernier ;
par ce moyen, il accrédita dans Tallard la fable d'une
riche parente qu'il fit mourir à point et qui lui légua une
fortune immense.

La première de ces lettres est datée de Quimper, le 1er
août 1816 ; la dernière est du 24 octobre 1817 ; enfin c'est
en novembre 1817 seulement que l'imposteur fut démasqué. Sa charlatanerie dura donc près d'un an et demi.
Cette correspondance est un monument curieux qu'on a
eu soin de conserver ; et il sera nécessaire de la produire
à l'avenir, pour que foi soit ajoutée aux étonnantes vérités
de la Tallardiade.

Les lettres qu'on trouvera imprimées comme pièces
justificatives, à la suite du poëme, suffiront sans doute
pour faire apprécier le double talent du Chartreux dans
l'art de mentir et dans l'art d'écrire. Mais rien ne peut
expliquer sa niaiserie dans le dénoûment de son drame.

Au moment où la défiance commençait à naître de toutes
parts, quand les doutes s'amassaient comme un nuage

épais, prêt à crever sur sa tête, il soutint hardiment la
vérité de ses promesses; et attendu que, selon sa correspondance, le duc de Kerlorec, avec de très-grands trésors,
devait alors se trouver à Lyon, il convint avec ses amis
de Tallard, qu'un homme de confiance se rendrait dans
cette ville et qu'il verrait tout par lui-même. Soudain le
député se mit en route portant une lettre du Chartreux
pour son illustre neveu.

Cette résolution parut décisive et calma toutes les
inquiétudes; le charlatan aurait dû profiter de ce dernier
moment favorable pour s'évader avant le retour de l'émissaire; mais il attendit sottement et il resta ainsi exposé
aux justes reproches des Tallardiens et à toute la confu-
sion de sa coupable jonglerie.

Enfin il sortit de Tallard sans être trop ému de sa chute,
et se réfugia dans un village peu éloigné où il se mit à
faire une école primaire et à mener une vie assez tranquille. Alors on dit de lui :

> Ce superbe prélat de si haut trébuché,
> Dans un village obscur, sans biens, sans évêché,
> Vit encore de miel mêlé d'un peu d'absinthe;
> En paix, quasi-content dans son état nouveau,
> Il apprend l'alphabet aux enfants du hameau,
> Comme autrefois Denis aux enfants de Corinthe.

Après un surnumérariat de quelques années passées
dans le village de la Faurie, Dom Raymond transféra son
école primaire dans la petite ville de Serres où il a continué de vivre tranquillement. Il y est mort, le 21 janvier
1833, à l'âge de 77 ans.

# A M. LE BARON DE LADOUCETTE,

ANCIEN PRÉFET DES HAUTES-ALPES.

Laborieux et savant LADOUCETTE,
Toi qui voulus, quand j'étais jeune encor,
De mon esprit encourager l'essor,
En me donnant le titre de poëte,
Daigne agréer, en ma vieille saison,
Que j'inaugure, à l'abri de ton nom,
L'avénement de mon œuvre nouvelle.
Protége-la. C'est l'histoire fidèle
D'un personnage à jamais singulier.
Tallard du moins ne peut pas l'oublier.

Mais trop épris de ma Tallardiade,
Je ne viens point, auteur d'une Iliade,
Te demander un superbe laurier.
Accorde-moi seulement un sourire ;
Il me suffit. Comme aussi, pour me lire,

Tu peux d'abord renvoyer à demain.
Ferme mon livre ; aujourd'hui je désire
T'entretenir du pays alpéen.

Dans le giron des Alpes cottiennes,
Cette contrée offrait un vain tableau,
Depuis mille ans, gardant son *statu quo*.
Soumis au joug de coutumes anciennes,
Les habitants, éternels routiniers,
N'entraient jamais dans de nouveaux sentiers.
Dans leur état voisin de la misère,
Le fils marchait sur les traces du père,
Traînant sans art, sur des sillons ingrats,
De leurs travaux la peine journalière.
Nul ne songeait à sortir de l'ornière ;
Tout languissait, les esprits et les bras ;
Cette torpeur toujours ne dura pas.

Un sage vint ; et sa vue éclairée
Se prolongea sur toute la contrée,
Dans le désir de la mettre en progrès
Et d'y créer une face nouvelle.
Savant mentor, de loin comme de près,
Tout ressentit les effets de son zèle.
Il fit appel aux vertus, aux talents.
Il excita les esprits indolents.

L'agriculture, instruite à son école,
Avec bonheur, réforma ses travaux
Et s'enrichit de procédés nouveaux.
Les arts aussi crurent à sa parole.

Très-jeune encore, il conçut des desseins
Qui semblaient être au-dessus de son âge ;
Fort de son sens, maître de son ouvrage,

Il put toujours parvenir à ses fins.

Nous lui devons ces charmantes allées
Dont les rameaux ombragent nos vallées ;
Nous lui devons des ponts et des chemins,
Des prés nouveaux, des canaux d'arrosage ;
De nos torrents il contint le ravage.
Il sut en tout pourvoir à nos besoins.

Dans ses loisirs il se donna des soins
Pour faire aimer la culture des lettres.
Et, dès son temps, nous apprîmes du moins
A rendre hommage au talent des grands maîtres.
Il nous servait et de guide et d'appui ;
Nous étions fiers de marcher avec lui.
Temps de progrès et de bonne harmonie !
Tout prospérait..... Le sort en fut jaloux ;
Un grand théâtre offert à son génie,
Aux champs du nord l'appela loin de nous ;
Il nous quitta, mais non pas sa mémoire ;
Son nom nous reste environné d'amour.
A le prôner nous mettons notre gloire.

Lui-même aussi nous honore à son tour
D'un intérêt que le cours des années
N'affaiblit point, qui croît de jour en jour.
D'un cœur aimant, il suit nos destinées ;
Il pense à nous et pour nous il écrit.
Nos Alpes sont toujours dans son esprit.

Là gît le thème où s'exerce sa plume.
De là nous vint l'intéressant volume,
Où sont décrits notre histoire et nos mœurs,
Nos lieux divers, tant villes que campagnes,
Tous les vallons et toutes les hauteurs,

Les minéraux cachés dans nos montagnes,
Les courants d'eau qui déchirent leurs flancs,
Et ceux qui vont fertiliser nos champs.

Noble patron, rien n'a pu t'en distraire.
Ton livre est fait pour instruire et pour plaire.
Plus d'une page a fixé nos regards,
Celle surtout où ta plume sincère
A retracé les vertus de Villars (1);
Notre Villars, ce Linnée Alpigène,
Qui n'eut jamais d'autre maître que soi,
Dans son génie étonnant phénomène,
Il méritait d'être loué par toi.

(1) *Dominique* VILLARS, né le 14 novembre 1745, de parents pauvres, au village du Noyer, dans les Hautes-Alpes, mort le 27 juin 1814, à Strasbourg, où il était professeur de botanique à l'académie et doyen de la faculté de médecine, a été l'objet d'une notice biographique publiée par M. LADOUCETTE, en 1818.

M. VILLARS étant une des gloires de notre pays, nous ne devions pas laisser passer inaperçu ce bel hommage rendu à sa mémoire.

# LA TALLARDIADE.

## CHANT PREMIER.

Je chante les festins et ce prêtre Chartreux
Qui créa dans Tallard des grands et des heureux,
Qui d'un brillant mensonge empruntant sa puissance,
Où régnait la misère amena l'opulence ;
En deux jours sur l'autel fit brûler plus d'encens
Que le Curé du lieu n'en brûlait en cinq ans ;
Dans sa haute fortune, il essaya de faire
Un pompeux évêché d'un chétif presbytère.

Comme un autre Moïse au pied d'un Sinaï,
Parla mystiquement à son peuple ébahi ;
Sur des biens qu'il n'eut pas fit rayonner sa gloire,
Et joua noblement des farces de la foire.

Muse, fille céleste, et toi, douce amitié,
Qui prenez de mes jours, chacune la moitié,
Couple chéri, salut ! Vous portez dans mon âme
Le baume de la paix, délicieux dictame
Par lequel on se rit du venin des méchants ;
Venez, l'une inspirer, l'autre écouter mes chants ;
Portez votre gaîté dans les sons de ma lyre,
Et que Tallard sourie aux vers où je vais dire
Le long enchantement qui régna dans ses murs.
Le bruit en passera jusqu'aux âges futurs.

Dom Raymond, jeune encor, fit mal son choix de vie ;
Deux choses s'excluaient : le cloître et son génie.
Ce fils de saint Bruno, reclus depuis trois ans,
Dans des regrets amers, consumait tout son temps.
Du matin jusqu'au soir, durant les nuits entières,
Il gémissait au lieu de faire ses prières.

Alors la Liberté, dans sa belle saison,
Vint sur le sol français planter son pavillon,
Et, d'un grand coup de main, rasa les monastères ;
Dom Raymond lui rendit des hommages sincères.
Promptement défroqué, jeune, heureux, jovial,
Il revint à Quimper, dans son pays natal.
Puis, en homme du monde, il parcourut la France,
Et, de la liberté, passa dans la licence.
Un jour il conduisit à l'autel de l'hymen,
Une avenante Hébé qui lui donna sa main ;
Un prêtre fut époux ; l'épouse devint mère ;
Et, trois fois en deux ans, saint Bruno fut grand-père.

L'homme, pour son malheur, est un être inconstant,
Et le mieux marié n'est pas toujours content.
L'hymen le plus heureux est encore une chaîne.
Dom Raymond résolut d'en secouer la gêne.
Brisant donc un repos gardé depuis trois ans,
Il délaissa soudain la mère et les enfants (1),
Prit la fuite; et depuis, en divers lieux du monde,
Il a pu promener son humeur vagabonde.

D'un homme non commun l'apparente façon,
Un esprit cultivé, singe de la raison,
Un corps sain mais petit, un œil vif, un peu louche,
Le sourire avec art ménagé sur sa bouche;
Le verbe précieux, le maintien inconstant,
Feignant de s'esquiver pour se rendre important :
Voilà de dom Raymond une fidèle image.

Il avait dépassé les deux tiers de son âge;
Aventurier, courant dans un monde idéal,
Souvent il attrapa plus de bien que de mal ;
Mais de ses grands desseins la trompeuse chimère
L'avait enfin laissé voisin de la misère,
Quand son heureux instinct, si ce n'est le hasard,
Un jour le conduisit aux portes de Tallard.

Sur la rive opposée à la haute Provence,
Tallard est un vieux bourg, assis sur la Durance,
A deux heures de Gap, au bout d'un long plateau,
En hiver dans la fange, en été privé d'eau,
Où, souvent au printemps, les blés croissant en herbe,
Pour le temps des moissons, promettent bonne gerbe;
Mais, l'été survenant, on n'y recueille enfin

(1) C'est à Grais, où il exerçait la médecine, qu'il se maria et il
avait deux filles lorsqu'il s'enfuit de cette ville.

5

Qu'une paille rouillée et des épis sans grain.
Méteil, seigle et froment, tout n'est que pénurie ;
Puis, des malins de Gap voyez la moquerie :
Ils content que Tallard abonde en pain moisi ;
Oh ! qu'il est malséant de plaisanter ainsi !

Cependant ce pays qui ne moissonne guère,
A des sites heureux où la vigne prospère ;
Et ses vins estimés donnent de loin en loin
De petits revenus dont on a grand besoin ;
Mais, hélas ! trop souvent la grêle ou les orages
Sur le tendre vignoble exercent leurs ravages.

Cependant, par le sort quoiqu'ainsi maltraité,
L'habitant y respire un air de vanité
Qui, sans guérir le mal, fait qu'on le dissimule.
Tous les Tallardiens, sur la même formule,
S'abstiennent de se plaindre et font les glorieux.
Leur maintien est guindé, leur front est sérieux ;
Ils disent sur des riens de grands mots pleins d'enflure ;
Et chez eux on distingue un vain goût de parure,
Même sous les haillons dont plusieurs sont vêtus.
N'allons pas toutefois contester leurs vertus :
Ce bon peuple respecte et l'autel et le trône,
Il assiste à la messe, il écoute le prône ;
Peut-être, comme un autre, il serait diligent
A payer ce qu'il doit, s'il avait de l'argent ;
Et, dans Tallard surtout, l'autorité locale
A droit de s'applaudir de sa force morale :
Là, le maire, l'adjoint et les municipaux,
Dans un rang élevé, par degrés inégaux,
D'un vrai respect public tirent leur récompense.
On leur accorde honneur, amour et confiance.
Ils sont, dans leur ressort, comme autant de palmiers
Au sein d'une coudraie ou parmi des osiers.

En entrant dans Tallard, dom Raymond examine
La ville et le château, l'un et l'autre en ruine.
Et, sur l'échantillon des habitants qu'il voit,
Il a bientôt prisé la valeur de l'endroit.
Or, le bon pèlerin se rend au presbytère;
Des prêtres voyageurs c'est la marche ordinaire.
Il entre et parle ainsi : « Paix à l'homme de Dieu !
« Que l'esprit de sagesse abonde dans ce lieu. »
A ce salut nouveau, pieusement modeste,
Le Curé crut entendre un envoyé céleste;
Il se crut transporté dans les antiques temps
Où du ciel nouveau-né les divins habitants,
Pour parler aux humains, empruntaient leur figure,
S'asseyaient avec eux, mangeaient leur nourriture.
Après un court moment, il dit : « Noble étranger,
« Si ce lieu vous convient, vous pouvez y loger;
« Mais daignez m'éclaircir, il me tarde d'apprendre
« A qui je dois l'honneur que vous daignez me rendre. »

Maître en l'art de mentir, le fourbe dom Raymond
A l'air de soupirer, se recueille et répond :
« De nos troubles civils plaignez une victime !
« Avant ce temps affreux de discorde et de crime,
« Heureux au fond du cloître, à l'ombre des autels,
« Je vivais séparé du reste des mortels :
« J'étais Chartreux..... O monts ! O forêts solitaires !
« Beaux lieux, jadis remplis de chants et de prières,
« Vous restâtes frappés d'une muette horreur,
« Quand l'enfer contre nous déchaîna sa fureur.
« O souvenir toujours présent à ma pensée !
« Notre sainte tribu fut au loin dispersée.
« Nous quittâmes la France en quittant nos déserts.
« Moi, j'ai longtemps erré sur la terre et les mers,
« Fuyant du sol français la coupable frontière.
« Je repaissais mes jours de jeûne et de prière.

« Mais tout vient de changer : sur le trône des lis,
« Le ciel a rappelé les fils de Saint-Louis ;
« De l'ordre et de la paix leur retour est le gage ;
« Les Chartreux rétablis deviendront leur ouvrage ;
« Et la religion, compagne de leurs lois,
« Va de nos jours encor reconquérir ses droits.
« Rempli de cet espoir, je reviens d'Allemagne
« Et suis allé d'abord prier sur la montagne
« Où jadis florissait·notre sainte maison.
« Aux échos du désert j'ai rappelé mon nom ;
« Enfin, plus près de vous dirigeant mon voyage,
« Aux Alpes, j'ai voulu saluer un village ;
« Dans le pays de Vars, dans un simple hameau,
« De ma race, en pleurant, j'ai trouvé le berceau ;
« Mon aïeul, Paul Raymond, quand il vint en Bretagne,
« Était un jeune enfant parti de la campagne. »
A ces mots, le Curé, joyeusement ému,
S'écrie avec transport : « Soyez le bienvenu ;
« Vous êtes mon parent, ma famille est la vôtre. »
Et soudain se levant, ils s'embrassent l'un l'autre.

Alors deux marguilliers, jadis enfants de chœur,
Avec un grand respect prennent le voyageur,
Se courbent devant lui, détachent sa chaussure,
Et lui lavent les pieds aux flots d'une onde pure.

Dans cette occasion, l'honorable Curé
Se souvint d'Abraham au vallon de Mambré
Et des trois voyageurs qui lui firent visite (1).
Sur ce modèle antique il régla sa conduite ;
Il a donc ordonné de tuer le veau gras,
Et les premiers du bourg sont priés au repas.
On y voit arriver Hilarion le maire,

(1) Genèse XVIII.

Clément, juge de paix, Hubert son secrétaire ;
Et, de ce jour heureux, pour rehausser l'éclat,
Le maire est en écharpe et le juge en rabat ;
Près d'eux, Urbain plus gros tient une double place (1),
Par un air de grandeur qui n'exclut point la grâce,
Cet honorable adjoint se distingue entre tous ;
Parlant peu, pensant bien, d'un aspect grave et doux,
Calme dans son maintien, soigné dans sa toilette,
Aisément on l'eût pris pour le roi de la fête.

Les membres du conseil s'y trouvent réunis ;
A leur tête paraît le notaire Denis,
Portant avec orgueil l'habit héréditaire
Qui fut, déjà trente ans, porté par son grand-père.
On y voit Blondinel, Lambert, Morgan, Montval.
Tous portent l'éperon, pas un n'a de cheval.
Leur nombre va croissant. On fait place à Barthole.
Cet ancien avocat se fit maître d'école
Dès le temps que Tallard perdit son parlement.
Alban, le receveur, était aussi présent ;
Sympathique au Chartreux, cet homme de finance
Conçut, en le voyant, un germe d'espérance.
Mais d'autres invités ne se rendirent pas,
L'un faute de souliers, l'autre faute de bas,
Et ce fut pour plusieurs un cas de maladie.
Tel jadis se trouva Robert de Normandie,
Ce héros des croisés, l'égal de Godefroi,
Qui dans Jérusalem refusa d'être roi,
Quand il fut de retour, n'allait pas à l'église,
Par la triste raison qu'il était sans chemise.

Quand l'heure fut venue, on servit le dîné.

_____

(1) Ceux qui se souviennent de M. Faure de Vercor, le reconnaî-
tront facilement dans ce portrait.

Ce fut bien, car plusieurs n'avaient pas déjeuné ;
Aussi fallait-il voir le jeu de leur mâchoire,
Triturant le manger et savourant le boire !
Ce jeu dura longtemps sans être interrompu ;
Tout le monde à la fin se trouva bien repu,
Même un peu trop : l'adjoint, dans un moment critique,
Soulagea par un rot la région gastrique ;
Et le maire pressé par un autre besoin,
Fit tant, qu'il ne fût pas entendu de bien loin.

Cependant la gaîté brillait sur les visages.
Les bons Tallardiens s'épuisaient en hommages,
Et le Curé, trois fois, pour l'honneur du festin,
Fit boire à la santé de son nouveau cousin.
Doublement enchanté de l'accueil honorable
Et des mets excellents qu'on servait sur la table,
Dom Raymond de faux pleurs ayant mouillé ses yeux,
Harangua l'assemblée en termes gracieux :

« Mon cousin, magistrats, intéressants convives,
« Vous la fleur des Curés, vous l'honneur de ces rives,
« De mon cœur attendri recevez en ce jour
« Un hommage profond et d'estime et d'amour.
« Depuis que j'ai touché le sol de votre ville,
« Dans mes veines mon sang a coulé plus tranquille.
« Je viens au presbytère et voilà qu'en entrant,
« Dans le Curé du lieu je trouve un bon parent ;
« Et voilà qu'il me donne une fête brillante.
« L'élite de Tallard à mes yeux se présente ;
« Et tous..... O jour heureux ! Après vingt ans, je voi
« Que le ciel daigne enfin se déclarer pour moi.
« Tant d'honneurs, tant de soins, le temps viendra peut-
« Que mon bras s'allongeant pourra les reconnaître. [être
« Cependant parlez-moi de Tallard..... il me plaît
« D'apprendre ce qu'il fut, en voyant ce qu'il est.

« Si mes yeux ne sont pas trompés par l'apparence,
« Le sort vous a poussés vers votre décadence;
« A regret j'ai cru voir, dans vos murs chancelants,
« Une grandeur passée et l'injure des temps.
« D'un vieux château surtout les restes magnifiques
« Déposent noblement de vos destins antiques;
« Et, jusque sur vos fronts, comme sur vos habits,
« D'un siècle plus heureux les signes sont écrits;
« Veuillez donc maintenant me conter votre histoire. »
Il dit, et le Curé verse un grand coup à boire.
Mais les Tallardiens se regardent entre eux,
Cherchant un orateur qui réponde au Chartreux.
Après un court débat, sur le refus du Maire,
D'une commune voix, tous nomment le notaire.
Choix heureux ! Car Denis, entre tous les convives,
Quoique jeune, a le plus fouillé dans les archives;
Et, dans le bourg entier, nul ne sait comme lui
Et les faits d'autrefois et les faits d'aujourd'hui.

Cependant Marion, par qui le presbytère
Se trouvait dans un ordre honorable et prospère,
Servante du Curé depuis plus de vingt ans,
Marion sans plaisir voit ce long passe-temps;
Et craint que l'orateur, délayant sa matière,
Ne les tienne attablés pendant la nuit entière,
Trop sûre que son maître ira jusqu'à la fin,
Marquant chaque repos par un verre de vin.

# LA TALLARDIADE.

## CHANT DEUXIÈME.

Tout le monde se tut : le jeune historien
S'écarte de la table, arrange son maintien ;
Il passe gravement la main sur son visage,
Regarde dom Raymond et lui tient ce langage :
« Généreux voyageur dont l'œil, de prime abord,
« A deviné les maux que nous a faits le sort,
« Et dont le cœur sensible, avant de nous entendre,
« Veut bien nous témoigner l'intérêt le plus tendre,

« Vous ne vous trompez point : en nos jours ce pays
« N'est pas riche et puissant comme on l'a vu jadis.
« Le temps a fait sur nous des ravages sans nombre ;
« De nos biens d'autrefois nous n'avons plus qu'une om-
[bre.

« Tallard construit au temps qu'on nomme l'âge d'or,
« Florissait quand Paris n'existait pas encor.
« Tallard peut s'avouer contemporain du monde ;
« En nobles souvenirs son histoire est féconde.
« Jusqu'aux jours du déluge où tout doit s'arrêter,
« Nous pourrions sans effort la faire remonter.
« Par ses commencements ce pays fut insigne :
« Un des fils de Noë y transporta la vigne ;
« Nos plus anciens aïeux pressèrent le raisin ;
« Leurs caveaux les premiers furent emplis de vin ;
« Et bientôt, jusqu'au bout des rives étrangères,
« Les Crésus de leur temps furent leurs tributaires.
« Nos vins de Trébaudon se buvaient chez les rois.
« La Gaule était encore gisante dans ses bois,
« Et déjà ce nectar, sous le nom d'ambroisie,
« Egayait les festins de Rome et de l'Asie.
« Ce bien n'était pas seul : au temps dont nous parlons,
« Tallard n'était pas moins fameux par ses moissons ;
« Trois fois par an, nos champs, vrais greniers d'abon-
« Avec peu de travail décuplaient la semence ;   [dance.
« Et notre pain moisi dont on a tant parlé,
« Prouve que nous vivions dans un pays de blé.
« Il est temps qu'on l'apprenne : oui, cette moisissure,
« Revient à notre honneur, loin de nous faire injure (1).

« On y fonda d'abord un parlement fameux,
« Qui prit, avec honneur, le surnom de vineux,

(1) Le pain moisi de Tallard a été longtemps célèbre à Gap et dans
les environs.

« C'est-à-dire établi dans un pays vignoble ;
» Et souvent les arrêts de la Cour de Grenoble
« Furent mis au néant par celle de Tallard.
« Nous portons de Thémis le premier étendard.


    « Par ses mœurs, par ses vins, sur sa rivière alpestre,
« Tallard fut un séjour plus divin que terrestre.
« La plupart des enfants qui naissaient dans nos murs,
« A l'âge de quinze ans étaient des hommes mûrs ;
« Pleins d'esprit et d'honneur, connaissant les affaires.
« Ils s'étaient inspirés du souffle de leurs pères.
« Telle une fleur naissante au bord d'un clair ruisseau,
« Doit son plus bel éclat à la fraîcheur de l'eau.


    « Après le parlement et sur la même ligne,
« Se trouvait notre église, éminemment insigne.
« Rome créa chez nous un siége épiscopal,
« Et Tallard eut aussi son palais quirinal.
« Ainsi nous appelons le glorieux hospice
« Qu'habita parmi nous saint Grégoire d'Amnice.
« Vénérable Chartreux, en disant ce grand nom,
« Je m'incline ; et ma voix doit prendre un autre ton.
« Grégoire est dans le ciel notre ange tutélaire
« Comme il le fut au temps qu'il vivait sur la terre.
« Quand il eut vu Tallard, il y fixa ses pas ;
« Et nous eûmes ainsi la perle des prélats.
« Après lui les Paulin, les Ubaud, et les Diège,
« Ont, chacun en son temps, occupé notre siége ;
« Et quoique la tempête ait sévi contre nous,
« De cet honneur encore ils demeurent jaloux.
« On dit que dans le ciel leur mitre triomphale
« Présente de Tallard la lettre initiale,
« Et qu'à ce seul aspect, d'un air respectueux,
« Tous les saints en passant s'inclinent devant eux.

« Beaux jours passés ! Du moins vivez dans la mémoire
« Et soyez à jamais l'orgueil de notre histoire.
« Eh ! qui n'a pas vanté le château de Tallard,
« Fondé par la nature et chef-d'œuvre de l'art ?
« Il plut à nos seigneurs d'étaler leur puissance
« Dans l'ensemble étonnant de ce palais immense,
« Environné de force et rempli de splendeur.
« Ses ruines encor attestent sa grandeur :
« Son faîte s'élevait au séjour du tonnerre ;
« Sa base descendait au centre de la terre ;
« De ses lambris dorés les grands compartiments
« En dedans composaient cinquante appartements :
« Sur les murs en dehors, trois fois cent vingt croisées
« Se montraient aux regards, en cinq rangs divisées.
« Et comme dans le mois on compte trente jours,
« Ainsi le mur d'enceinte embrassait trente tours.

« Près de ces tours, un bois, la Garenne immortelle,
« Relevait du château la gloire fraternelle.
« Là, d'antiques gazons, des chênes de mille ans
« Rappellent en nos jours l'histoire des vieux temps.
« Là, combattaient les preux ; partout sous ces verdures,
« Les troubadours chantaient les douces aventures.
« Pour voir nos cours d'amour, nos tournois, nos festins,
On arrivait ici des bords les plus lointains ;
« Et quand des députés envoyés de Bysance,
« Parurent autrefois devant la cour de France ;
« Et qu'un orgue, instrument alors miraculeux,
« A notre Roi Pepin fut présenté par eux,
« D'où croira-t-on que vint l'admirable machine ?
« Tallard la leur vendit... Voilà son origine.
« Un luxe tout royal, au sein de nos remparts,
« Faisait fleurir le goût, le commerce et les arts.

« Mais ces temps ne sont plus ; l'aveugle destinée

« A placé, près de nous, une ville. effrénée...
« Que ne puis-je éviter d'en prononcer le nom !
« Misérable taudis, pitoyable avorton,
« Que nos bons devanciers sous leurs yeux virent naître,
« Qu'ils n'étouffèrent pas, qu'ils nourrirent peut-être...
« Ils ne prévirent point qu'élargissant ses flancs,
« Ce monstre sans pudeur vivrait à nos dépens.

   « O Gap ! Peuple pétri de vinaigre et de suie,
« Tu bois l'iniquité comme l'eau de la Luie (1).
« Nous sommes les moutons ; nos voisins sont les loups ;
« Ils sucent notre sang et se moquent de nous.
« Que de griefs contre eux ! Faut-il que je vous dise
« L'attentat capital commis sur notre église ?
« Par intrigue et par dol, dans un temps malheureux,
« Notre évêché tombant fut rétabli chez eux ;
« Et depuis, ô douleur ! grâce à leur moquerie,
« Notre siége est compté comme une rêverie.
« Tels, ou moins insolens, on vit les Philistins,
« Quand l'arche du Seigneur fut tombée en leurs mains,
« Tout changea dès ce jour de lugubre mémoire :
« Héli perdit la vie ; Israël fut sans gloire.
« Nos prêtres, nos prélats, tous héros de la foi,
« Sont, aux yeux d'Amalec, des saints de faux aloi.
« Leurs noms et leurs vertus, tout est mis en problème ;
« Le Patron de Tallard, saint Grégoire lui-même,
« Devant qui tout mortel doit abaisser son front,
« Saint Grégoire est compris dans ce commun affront.

   « Ainsi les Gapençais, sans honte et sans mesure,
« A leur triste victime ont prodigué l'injure.
« Nous tous Tallardiens, en butte à leur propos,
« Nous sommes présentés comme un peuple de sots,

(1) La Luie, petite rivière qui coule sous les murs de Gap.

« La commune risée et la fable du monde.

« Notre siècle ignorant leur malice profonde,

« A conçu contre nous d'indignes préjugés ;

« Dans un cadre sans gloire il nous a tous rangés.

« Nous, des sots!! Oh vraiment, l'outrage est trop insigne ?

« Ne soyons pas surpris si le ciel s'en indigne...

« Oui, le ciel frappera sur ce peuple maudit.

« Il n'en faut par douter; Nostradamus l'a dit :

*« Au temps qui va venir, les bergers de Provence,*

*« Montant en Dauphiné, passeront par Charence,*

*« Alors un lac profond, dans un vaste circuit,*

*« Couvrira la campagne où Gap était construit.*

« Comme un autre Sodome, enseveli dans l'onde,

« Ce lieu sera rayé de la carte du monde ;

« Ils l'auront mérité, nous en sommes trop sûrs.

« Un fait qu'on redira jusqu'aux âges futurs,

« Va vous montrer combien l'enfer est dans leur tête :

« De notre grand patron on célébrait la fête ;

« Le peuple des hameaux, celui de la cité,

« Assistaient dans le temple à la solennité ;

« Notre église, en ce jour, selon ses rits antiques,

« Fait promener du Saint les augustes reliques,

« Et tous les habitants, avec dévotion,

« Marchent dans un grand ordre à la procession.

« Quand l'airain du beffroi mis à grande volée,

« Eut donné le signal à l'auguste assemblée,

« Nos femmes, quel coup d'œil ! toutes en voiles blancs,

« A travers le parvis s'écoulent sur deux rangs,

« Et suivent, en chantant, l'imposante bannière

« Que l'église toujours fait marcher la première.

« Puis flottait l'étendard de différents métiers ;

« Charpentiers, forgerons, tailleurs et perruquiers ;

« Nos savants y marchaient sous un paratonnerre.

« Après les laboureurs qui fécondent la terre,

« On voyait s'avancer le peuple vigneron ,
« Chargé de beaux raisins, cueillis à Trébaudon ,
« Enfin nos magistrats et leur garde civique :
« Quatre d'entre eux portaient le brancard magnifique
« Où Grégoire élevé se montre à tous les yeux.
« Déjà l'on a franchi le perron des saints lieux.
« Le clergé par des chants fait retentir la ville ;
« Près de nos prêtres saints on voyait, file à file,
« Quatorze enfants de chœur, tous vêtus de fin lin ;
« Les uns de mille fleurs parfument le chemin ;
« Les autres dans les airs, au devant de l'image ,
« Parmi des flots d'encens, font voler leur hommage.

« Alors, ce fut alors qu'un forfait odieux,
« Par des hommes de Gap, s'accomplit sous nos yeux :
« A l'aide d'une corde au passage tendue,
« Ils prirent par le cou la divine statue ;
« Et le grand saint Grégoire en arrière poussé ,
« S'ébranle sur son siége et tombe fracassé.
« Muets d'horreur, d'abord nous gardons le silence.
« Bientôt d'un même cri tous demandent vengeance ;
« Mais soudain , prévoyant notre juste courroux ,
« La bande criminelle avait fui loin de nous.
« Alors le parlement courant dans son prétoire,
« S'occupa de venger l'affront fait à Grégoire,
« Pesa de cette affaire et le faible et le fort,
« Et condamna tout Gap à la peine de mort.
« Dieux amis! Dieux vengeurs! que n'eut-on la puissance
« De faire exécuter cette bonne sentence ! »

A ce grand souvenir, l'orateur s'interrompt ;
D'un soupir prolongé le cercle lui répond ;
Et cette fois, troublé comme tout l'auditoire,
Le pasteur oublia de leur verser à boire.
Retirée à l'écart, Marion en sourit ;

Après un court repos, le notaire reprit :
« Ministres des Autels, au récit de nos peines,
« Une pieuse horreur a coulé dans vos veines.
« Peut-être m'allez-vous demander quelle part
« Prit à cet attentat le seigneur de Tallard ;
« Dans d'autres temps, sans doute, on aurait vu sa lance,
« Plus prompte que l'éclair, punir cette insolence ;
« Et les troupeaux errants paîtraient aux mêmes lieux
« Où Gap étale encore ses remparts odieux.
« Hélas ! nous habitons un monde périssable
« Où le pied le plus ferme est posé sur le sable.
« Nos seigneurs n'étaient plus ; ainsi que saint Louis
« Le dernier succomba sous les murs de Tunis ;
« Il monta dans le Ciel avec le roi de France,
« Et Dieu ne mit entre eux aucune différence.

« Les comtes de Tallard, aux siècles précédents,
« S'étaient toujours montrés dans les guerres du temps ;
« Ils furent les premiers dans toutes les croisades.
« L'Orient admira leurs vaillantes brigades,
« Et nos historiens se sont par trop mépris
« En vantant la grandeur d'un Robert de Paris ;
« Il était de Tallard. Tallard donna naissance
« A ce preux dont le front fut si fier dans Bysance.
« Tous les chefs étaient là ; l'empereur Alexis
« Recevait leur hommage et se tenait assis.
« Robert, à cet aspect, s'écria : Quel grand rustre !
« Oh ! c'est trop insulter une assemblée illustre.
« Ce disant, il alla s'asseoir à son côté.
« Alexis dut souffrir cette autre Majesté.
« Alexis, à ce trait d'une noble assurance,
« Comprit ce qu'il devait aux enfants de la France.

Que de faits dans l'Histoire, en l'ouvrant au hasard,
« Je pourrais vous citer à l'honneur de Tallard,

« Si Gap était ici, comme vous, pour m'entendre !

« Là-dessus longuement j'aimerais à m'étendre,

« Toutefois, je tairais ce fameux maréchal,

« Porteur de notre nom, qui, dans un jour fatal,

« Aux bords fangeux d'Hochstet, enclava son armée,

« Et perdit pour toujours sa haute renommée.

« Ce guerrier n'était pas du pur sang des Tallard,

« A peine devons-nous le croire leur bâtard.


« Ainsi de nos seigneurs la branche légitime

« Périt avant que Gap eût commis son grand crime ;

« Et leur château pompeux, par le temps corrodé,

« N'est plus qu'un monument en tous sens dégradé,

« Majestueux débris que la mousse recouvre.

« Sous une voûte obscure, au donjon de ce Louvre,

« Habite un vieux génie, une divinité,

« Que les méchants de Gap nomment la Vanité.

« Bienveillante sybille, elle donne à comprendre

« Qu'un jour notre Tallard renaîtra de sa cendre.

« Mais les sons de sa voix sont rares et confus,

« Moi-même je les ai quelquefois entendus,

« Et je dois avouer que toujours le présage

« N'a frappé mon esprit qu'à travers un nuage.

« Sans sonder l'avenir qui nous est destiné,

« Déjà nous sommes tous heureux de ce dîné.

« Tallard entier vous dit aujourd'hui par ma bouche

« Que votre aspect nous plaît, que votre voix nous touche.

« O vertueux parent d'un curé vertueux,

« Nos cœurs sont réjouis en vous voyant tous deux ! »


Ainsi, parla Denis; son esprit, sa mémoire

Et son profond savoir charmèrent l'auditoire;

Et, soudain, se levant, le chartreux voyageur

Honora d'un baiser le front de l'orateur.

Mais, du trop bon curé la servante attentive,

N'a cessé d'observer l'hôte qui leur arrive.
Son geste, son regard, ce qu'il dit, ce qu'il fait,
Ne produit pas sur elle un merveilleux effet ;
Plus elle observe et moins elle ose reconnaître,
Sous ce front étranger, un parent de son maître.
Mais déjà ce grand jour tombe vers son déclin ;
Muse, il est temps, sortons de ce premier festin.

# LA TALLARDIADE.

## CHANT TROISIÈME.

Trois mois s'étaient passés, et content dans Tallard,
Dom Raymond, rarement, parlait de son départ.
Exempte de souci, sa vieille friandise,
Le matin et le soir, trouvait la table mise.
Ainsi qu'un vieux rameau qui vient à reverdir,
Dans ce nouveau séjour, il semblait rajeunir ;
Le vin de Trébaudon et l'air de la Durance
Avaient réconforté sa mince corpulence.

Mais Marion le hait, et cette inimitié
De son heureuse étoile éclipse la moitié.
Un jour, il l'entendit qui disait à son maître :
« Ce parent tant fêté, ce vénérable prêtre,
« Savez-vous ce qu'il est ? un adroit aigrefin,
« Qui vous dit de grands mots pour manger votre pain. »
L'invective était vraie et partant plus amère.
Il prit, en frissonnant, le parti de se taire.
Alors, plus que jamais, il usa d'un grand art,
Pour flatter son cousin et les grands de Tallard.
Mais il n'espérait plus de gagner la servante,
Sa visite est pour elle une charge pesante ;
Il la voit s'abstenant de parler devant lui,
Mais non de sourciller ou de bâiller d'ennui.
A l'aspect de son hôte, on croirait qu'elle affecte
Un maintien fait exprès pour se rendre suspecte.
Ses secrets déplaisirs se lisent sur son front.
De Vars était encor blessé d'un autre affront :
Sous l'inspiration de son humeur chagrine,
Elle avait gravement amaigri la cuisine ;
Pour obvier au mal, pour ramener le bien,
Force fut au Chartreux d'inventer un moyen.

Un jour qu'il errait seul au bord de la Garène,
Il s'arrêta pensif à l'ombre d'un vieux chêne,
Où du gui, tous les ans, cueillant l'heureux rameau,
Les Druides, jadis, saluaient l'an nouveau.
Le Chartreux, à l'aspect de la plante sacrée,
Sentit, d'un trait de feu, son âme pénétrée :
« Quel signe consolant se présente à mes yeux !
« Jamais il ne trompa la foi de nos aïeux.
« Végétal adoré, Gui saint, je te salue :
« Mon esprit plein d'espoir se réveille à ta vue.
« Et toi, divinité, qui régis ce pays,
« Si toujours j'écoutai tes leçons ; si jadis,

« Sans connaître Tallard, déjà d'un long hommage
« J'honorai tes autels et parlai ton langage ;
« Eclaire ma pensée et seconde mes vœux !
« C'est toi qui me guidais, quand un jour, près d'Evreux,
« J'achetai sans argent la terre de Beauchêne ;
« Et par toi, possesseur d'un superbe domaine,
« J'ai pu, pendant vingt mois, même chez les Normands,
« Commander le respect et vivre à leurs dépens ;
« Souvent, dans les revers d'une vie orageuse,
« J'ai fait surgir au port ma barque glorieuse ;
« O belle vanité ! prête-moi ton secours,
« Et que ma destinée accomplisse son cours !
« Le terrain de Tallard est une belle friche,
« J'y puis, à peu de frais, m'y faire grand et riche.
« Mais voilà qu'une femme ose, chez mon cousin,
« Outrager ma personne et soupeser mon pain !
« J'en jure par le gui qui couronne ce chêne,
« Ses efforts seront vains et sa perte est prochaine. »

Il se tait, et déjà l'esprit du charlatan,
D'une fourbe inouïe a concerté le plan.
Un jour donc, se levant à la naissante aurore,
Il va chez son cousin qui sommeillait encore ;
Il lui dit : « Un fantôme a troublé mon sommeil,
« Et ce trouble importun survit à mon réveil.
« Je suis comme accablé, mon corps tremble, chancelle,
« Mon visage est baigné d'une sueur mortelle.
« Je cherche auprès de vous le repos qui me fuit.
« Le jour finira-t-il ma peine de la nuit ?
« Ah ! je sens que le ciel m'annonce une disgrâce ;
« Venez, prions tous deux, conjurons sa menace. »

Tandis qu'il s'efforçait d'agiter ses esprits,
Le facteur de Tallard se présente au logis ;
Demande le Chartreux et lui rend une lettre,

Qu'au bureau de Quimper, le fourbe avait fait mettre.
Il l'ouvre incontinent d'une tremblante main,
Et lit à haute voix, présent le bon cousin :

« Cher neveu, quel bonheur et quel torrent de joie ;
« Mon cœur n'y peut suffire et mon âme s'y noie.
« Je ne m'abuse point : j'apprends que vous vivez.
« Après un quart de siècle, enfin, vous m'écrivez ;
« J'en rends au Dieu puissant des grâces éternelles.
« Pourquoi nous laissiez-vous si longtemps sans nouvelles ?
« N'apprenant rien des lieux qui cachaient votre sort,
« Nous crûmes n'avoir plus qu'à pleurer votre mort.
« Alors, pour procurer le salut de votre âme,
« J'allai nu-pieds, d'Aurai visiter Notre-Dame.
« Neuf jours entiers, mes pleurs baignèrent son autel,
« Neuf jours entiers, pour vous je conjurai le ciel.
« Pauvre émigré, rentrez au soleil de la France,
« Vous voilà vers les monts d'où coule la Durance.
« Là, vous avez reçu, comme un premier bonheur,
« Chez un de nos parents, l'accueil le plus flatteur.
« Ces bienfaits, vous allez les rendre avec usure,
» La fortune pour vous va devenir moins dure.
« Notre nom doit en vous reprendre son relief,
« Feu votre oncle, en mourant, m'a légué son grand fief,
« Ses trois châteaux meublés, ses douze métairies,
« Plus un navire, en rade, aux îles Canaries ;
« Et cette hérédité, quand je ne serai plus,
« Versera dans vos mains l'or de ses revenus.

« Au château d'Ambrugnac, hâtez-vous de vous rendre.
« A vivre plus longtemps je ne dois pas prétendre.
« Passé quatre-vingts ans, il faut songer.... hélas !
« Je serai consolé en mourant dans vos bras.
« Empruntez largement pour faire votre route,
« Soignez-vous, payez bien ; c'est peu, quoi qu'il en coûte ;

« Saluez en mon nom le curé de Tallard,
« Il a bien mérité, nous lui ferons sa part. »

Dom Raymond, en pleurant, finit cette lecture,
Et son cousin goba la brillante imposture.
Sur ce double sujet de craindre ou d'espérer
Le curé ne sait pas s'il doit rire ou pleurer :
Troublé, hors de lui-même, il sort du bresbytère,
Il appelle le juge, il entre chez le maire ;
Et, courant dans le bourg, respirant en plein air,
Il redit à chacun la lettre de Quimper ;
Et la grande nouvelle, avec joie entendue,
Par cent bouches bientôt fut au loin répandue.

Alors aux doux festins on donne un cours nouveau,
Chaque jour est suivi d'un jour encor plus beau,
Et le Chartreux parlait de partir au plus vite,
Du matin jusqu'au soir on lui rendait visite ;
On était enchanté de le voir, sans orgueil,
Faisant à tout le monde un gracieux accueil.
Il leur disait à tous : « Je vous quitte avec peine ;
« Mais quelque jour, j'en ai l'espérance certaine,
« Quelque jour, mes amis, nous pourrons nous revoir.
« Je sais ce qu'envers vous me prescrit le devoir ;
« S'il advient qu'avant moi, ma chère tante meure,
« Je viendrai dans vos murs établir ma demeure,
« Et même avant ce temps on aura le moyen
« D'honorer vos vertus et faire quelque bien. »

Cependant le Curé lui remet une bourse,
Contenant cent écus pour première ressource ;
Et le Maire, à son tour, emprunta cent louis
Qui furent acceptés pour l'amour du pays.
On dit même tout bas que, puisant dans sa caisse,
Le Receveur aussi lui fit une largesse.

Tandis que tout Tallard, mu d'un zèle si beau,
Conspirait à l'honneur d'enrichir son trousseau,
Il reçoit de Quimper une lettre nouvelle;
Elle est sous cachet noir..... O fatale nouvelle;
On lui dit : « C'en est fait, votre tante n'est plus !
« Plaise à Dieu la compter au rang de ses élus.
« Le désir de revoir votre tête chérie,
« L'a fait marcher plus vite au terme de sa vie;
« Elle est morte avant-hier en nous parlant de vous;
« Et ses biens, aujourd'hui, vous appartiennent tous. »

Dom Raymond ayant lu cette lettre fatale,
Se livre à sa douleur, elle était sans égale.
On veut le consoler, mais d'abord c'est en vain;
Il quitta ses amis en leur serrant la main,
Et s'enferma chez lui pendant une semaine;
De la réclusion il s'imposa la peine.
Et pendant ces huit jours que n'a-t-il pas souffert?
Dans sa chambre il était comme on est au désert;
Seulement il mangeait, au lieu de sauterelles,
Des perdrix aux jours gras, aux autres des sarcelles.
Cependant à Tallard tout le monde est heureux;
Les plus sages du lieu s'entretenant entre eux,
Epanchaient une joie au moins inconvenante,
Pour parler de ses biens ils oubliaient la tante.
Lorsqu'à peine on venait de fermer son cercueil,
Loin de prier pour elle et de porter son deuil,
Avides héritiers, sans respect pour la forme,
Ils se ruaient déjà sur ce budget énorme.
On voulait, à grands frais, restaurer le château,
Reconstruire Tallard sur un plan tout nouveau,
Replanter la Garène, encaisser la Durance,
Niveler un canal qui porte l'abondance,
Abattre les hauteurs et combler les ravins....

Denis, enchérissant sur ces vastes desseins,
Veut que leur bienfaiteur fonde une académie,
Ecole du talent et foyer du génie.
« Là, discourant en prose ou modulant des vers,
« Nous porterons son nom au bout de l'univers.
« Nous aurons une presse et ferons voir aux hommes,
« Quel est notre Tallard et quelles gens nous sommes.
« Elevés désormais au rang où les destins
« Veulent nous replacer au milieu des humains,
« Nous devons honorer les arts ; et notre ville
« Peut ouvrir aux savants un glorieux asile.
« Notre intérêt le veut ; ces nouveaux citoyens
« Nous rendront en honneurs ce qu'ils prendront en
« Il faut, dès ce moment, assortir notre mise ;     [biens.
« Et Tallard, comme on dit, doit changer de chemise.
« Agissons de concert, habillons-nous de neuf,
« Que chacun, dans sa malle, ait un manteau d'Elbeuf ;
« Et, dans son écurie, un cheval de parade ;
« Lors nous irons ensemble, en grande cavalcade,
« Caracoler dans Gap aux yeux des Gapençais,
« Dans leurs meilleurs hôtels ripailler à grands frais,
« A ces faibles rivaux montrer ce qu'en vaut l'aune,
« Rire de leur misère et leur faire l'aumône. »

Le chartreux, toutefois, sans se montrer encor,
Fait annoncer, au son du tambour et du cor,
Qu'il lui plaît d'adopter Tallard pour sa patrie,
Qu'il ne quittera plus cette ville chérie ;
Que le nom de DE VARS, à son nom ajouté,
Marquera désormais sa haute qualité.
Le peuple, avec transport, reçoit cette nouvelle ;
Et du roc où jadis était la citadelle,
On tire sur le bourg neuf coups de fauconneau,
Qui font mugir les airs et trembler le château.
Le Maire, en même temps, d'une plume emphatique,

Constata ce bonheur dans un acte authentique :
Le Grand Raymond de Vars, sur un livre doré,
Eut son état civil dûment enregistré ;
Et le surnom nouveau dont sa fierté s'honore,
Parut à ses flatteurs gracieux et sonore.

Le Curé, comme lui, croyant avoir grandi,
Par droit de parenté justement enhardi,
Sut à son nom aussi donner une parure :
La noble particule en couvrit la roture.
N'en soyons pas surpris, déjà son grand cousin
L'avait, à demi-mot, averti du dessein
De placer sur son front la mitre épiscopale.
Peut-il rien refuser de sa main libérale ?
C'est un parti tout pris ; son espoir étant sûr,
Voilà qu'il se prépare à son état futur :
Sans témoins, dans sa chambre, au-devant d'une glace,
Sur un large fauteuil il s'étale avec grâce ;
Là, sous le nom de crosse, il tient un long bâton ;
Et, le front surmonté d'un bonnet de carton,
Il allonge deux doigts et bénit les murailles,
Ou bien d'un autre soin entourant ses ouailles,
Sur un léger pupitre il empreint l'onction,
Lui donne le soufflet de confirmation ;
Et prononçant tout bas les paroles sacrées,
Il fait ainsi chez lui de saintes simagrées,
Se flattant de pouvoir bientôt, avec bonheur,
Dans quelque cathédrale illustrer sa grandeur.

Un jour que, reprenant le cours de sa manie,
Il mettait un grand zèle à la cérémonie,
D'un trop rude soufflet il confirma son bois ;
Le meuble chancelant, entraîné par son poids,
Se renverse à grand bruit sur le dur carrelage.
Ce bruit a retenti de l'un à l'autre étage ;

A pas précipités, la servante montant,
Trouve dans l'embarras son maître haletant,
Qui voulant d'un côté relever le pupitre,
Laisse tomber de l'autre et la crosse et la mitre ;
Et son front découvert, à travers ce labeur,
Etait rouge de honte et baigné de sueur.

Marion s'écria : « Quel appareil étrange !
« O mon maître, ainsi donc votre esprit se dérange !
« Sur la foi d'un hâbleur ! Quoi ! Vous n'y pensez pas !
« C'est bien à lui qu'il sied de faire des prélats !
« Fanfaron détestable ! impudent parasite !
« Voilà les fruits amers de ta longue visite.
« Maudit soit le démon qui t'a conduit ici ! »
Attiré par le bruit, de Vars survint aussi ;
Lui-même il entendit les cris de la servante.
Alors trop convaincu qu'en sa haine constante,
Cette fille, toujours viendrait le traverser,
Furieux, il voulut aussitôt l'expulser.
Pour frapper ce grand coup, il s'arme de courage ;
Il est déterminé par l'excès de l'outrage ;
Et, pour mieux éclater, il prend un court repos ;
Puis s'élance vers elle et lui parle en ces mots :
« Esprit malin, qui seul gâte cette demeure,
« Ton maître n'eut jamais la cervelle meilleure ;
« Il pressent l'avenir qui lui fut destiné.
« Crosse et mitre, un beau jour, tout lui sera donné.
« Mais toi, portant ailleurs ta langue de vipère,
« Tu vas, dès aujourd'hui, quitter le presbytère ;
« Je l'ordonne ; et de Vars n'ordonne point en vain.
« Toutefois, par égard au nom de mon cousin,
« Je te lègue, à valoir en fonds de ma cassette,
« Six cents francs par année, à titre de retraite. »

Ce trait, tout à la fois sévère et généreux,

Fit croître le respect qu'inspirait le Chartreux.
Dom Raymond fut vainqueur et Marion vaincue;
Tout à coup de son rang elle se vit déchue.
Cette fille de tête et dont l'heureux pouvoir
Ne mesurait qu'un pas entre elle et l'encensoir,
Qui, d'un œil vigilant a, pendant tant d'années,
Soutenu du Curé les hautes destinées,
Cette fille au malheur va payer son tribut;
Elle n'est plus déjà qu'un objet de rebut.
Tel naguère on voyait au bord de la Garène
Un jeune et beau tilleul croissant près d'un vieux chêne;
De leurs rameaux divers l'heureux rapprochement
Faisait de tous les deux la force et l'ornement.
Mais un jour le tilleul, atteint par le tonnerre,
Fut brûlé, mutilé; son front roula par terre;
Et le plus vigoureux de ces arbres amis,
Succombe le premier, il n'est plus qu'un débris.

# LA TALLARDIADE.

## CHANT QUATRIÈME.

L'antique vanité, que l'antique misère
Avait tenu longtemps captive et solitaire,
Apparaît maintenant au grand jour de Tallard,
Odorante de musc et brillante de fard.
De rubis et de fleurs elle orne sa parure,
Les charmes de son cœur dilatent sa figure;
Elle passe en riant et montre son drapeau,
Qui flotte dans les airs au comble du château.

De Vars a fait comme elle ; il n'est plus en retraite ;
Et chacun de ses jours est une belle fête.
En attendant les biens hérités à Quimper,
Et le riche vaisseau qui viendra de la mer,
Tout bourgeois dans Tallard, mu d'un zèle ineffable,
S'honore de fournir aux besoins de sa table.
L'un donne des poulets et l'autre des pigeons ;
Celui-ci des lapins, celui-là des dindons ;
Chacun voudrait semer dans ce champ d'abondance,
Qui doit au premier jour centupler la semence.
Même on les voit déjà l'un de l'autre jaloux ;
C'était à qui le mieux devinerait ses goûts ;
A qui, dès le matin, au sortir de sa couche,
Le premier, obtiendrait un souris de sa bouche ;
Mais plus heureux encor, ceux-là qui, dans sa main,
Peuvent de temps en temps verser quelque butin ;
Ah ! c'est pour eux surtout, pour eux et leur famille,
Que l'avenir s'avance et que l'horizon brille.

Ainsi rien ne manquait au bonheur du Chartreux.
Sa fourbe prospérait au delà de ses vœux.
On a d'autres festins que ceux du presbytère :
On dîne chez l'Adjoint, on soupe chez le Maire ;
Et ces hôtes rivaux, l'un par l'autre excités,
N'offraient plus que des mets à grands frais achetés.
Les aliments divers que leur luxe rassemble,
Se pressent sur la table, étonnés d'être ensemble :
La sarcelle s'y trouve à côté du faisan ;
On y voit à la fois la truite et le merlan ;
Le beurre du Champsaur, la figue de Provence,
Et la fraise cueillie aux rochers de Charance.
Sous le nom du Chartreux, les hommes de Tallard
Achetaient en tout lieu, sans payer nulle part ;
Ce nom était magique ; et l'heureux sycophante
S'étonnait d'un crédit qui passait son attente.

Dès ce temps on le vit, s'observant avec soin,
Offrir modestement des secours au besoin;
Bienfaiteur délicat, c'est en public qu'il donne;
Mais il semble vouloir n'être vu de personne;
Cependant on le voit, et le tartufe sait
Contrefaire son front et rougir du bienfait.
On s'étonne, on tressaille en calculant la somme
Où se montent par jour tous les dons du saint homme.
« Béni soit, disait-on, ce patron généreux,
« Qui met tout son bonheur à faire des heureux!
« Que de douleur dans Gap, que de trouble et d'intrigue,
« Quand on saura les biens que sa main nous prodigue! »


Le Chartreux, son cousin et les municipaux,
Ont hâte d'ordonner de glorieux travaux;
Et leurs premiers regards se fixent sur l'église.
A des temps plus heureux l'œuvre n'est pas remise.
On commence sans bail et sans devis écrit :
Le grand homme a parlé; sa parole suffit.
Les chantiers sont formés; le bois gémit ou crie
Sous les coups de la hache ou la dent de la scie;
On gâche tour à tour le plâtre et le mortier.
L'ordre et l'activité règnent dans l'atelier.
Heureux les travailleurs! tous les soirs, chez le Maire,
Sans nul retardement, ils touchent leur salaire.
A la fin des travaux ce sera mieux encor :
De Vars leur a promis une truelle d'or.


Ainsi tout allait bien; c'était une merveille,
Alors on fait choisir, sur le port de Marseille,
Un marbre de grand prix, venu de l'Archipel,
Pour orner le portail et construire un autel.
Du glorieux de Vars la largesse facile,
Aux dépens des vendeurs, en fit don à la ville.
Tallard a conservé ce riche monument ;

Désormais de son temple il fera l'ornement ;
Et déjà, sans façon, le pays s'en honore.
Nul ne dit que les frais en restent dus encore ;
Ce peuple vaniteux se garde de songer
Que l'on plaide depuis sur ce marbre étranger ;
Et que d'un tel procès l'étrange contexture
A dérouté longtemps tout une préfecture.

Le portail étant fait, Tallard par de grands prix,
Dans tous les environs tenta les beaux esprits,
C'était pour y graver, en style lapidaire,
Un distique aux cousins, un monogramme au Maire ;
Et tel, dans ce concours, remporta le laurier,
Qui ne s'attendait pas à mourir roturier.

Il attendait de même une ample récompense,
Le nouveau Raphaël qui vint en permanence
S'établir dans l'église, appliquant ses pinceaux
A colorer les murs, à peindre des tableaux ;
Au plus haut de la voûte il mit un groupe d'anges,
Qui portaient un chartreux et chantaient ses louanges.
La nef, des deux côtés, présentait aux regards,
Des écus figurant les armes des de Vars.

C'était en champ d'azur, richement étoilées,
Trois ailes de pigeon l'une à l'autre enfilées.
Alors on s'avisa d'apprendre le blason.
Et chacun fut jaloux d'avoir son écusson.

Quand l'autel fut béni, pour varier la scène,
Pour tenir constamment ses amis en haleine,
Le riche dom Raymond, d'un ton religieux,
Ordonna pour sa tante un service pieux.
Avant le jour marqué, d'une façon civile,
Il eut soin d'inviter les dames de la ville.

Ce fut par des billets tous signés de sa main,
Sur un papier de luxe, écrit par son cousin.
C'était de convenance : une si haute affaire
Demandait le concours d'un noble secrétaire.

On dresse par son ordre, en signe de grand deuil,
Au milieu de l'Eglise, un énorme cercueil.
Et dans tout l'appareil de la cérémonie,
On vit, par de grands traits, éclater son génie;
Il fit aux indigents distribuer du pain,
Il fit couler pour eux des fontaines de vin;
Et des pièces d'argent en public répandues,
Portèrent tout à fait sa gloire jusqu'aux nues.

Toutefois il défend que des cris trop joyeux
Troublent de ce grand jour l'ordre silencieux;
Et les Tallardiens sentant la bienséance,
Ont fait taire leur joie et leur reconnaissance.
Au grand son de la cloche ils se rassemblent tous;
Devant l'autel de marbre on se met à genoux.
Les prêtres du canton vont commencer la messe;
Ils entonnent un chant qui répand la tristesse.
Cependant le Chartreux, courbé sur un fauteuil,
Apparaît dans le chœur en état de grand deuil.
Et son digne cousin pleurant à son exemple,
Leur piété produit son effet dans le temple.
Chacun, en les voyant, est attendri comme eux;
Et l'assemblée entière, en accents douloureux,
Déplorait le trépas de l'auguste parente,
Qui, morte toutefois, valait mieux que vivante.

Pour donner plus d'éclat à la solennité,
Un petit Massillon, imbu de vanité,
Avait brigué l'honneur du beau panégyrique.
Il y fit avec art briller sa rhétorique :          6

En trois points divisant sa pompeuse oraison,
Il loua gravement un être de raison,
Traça de ses vertus une riche peinture,
De tous les dons du ciel la combla sans mesure :
Et de Vars, comme lui, demeura convaincu
Que sa tante était morte après avoir vécu.

On vint au presbytère en sortant de l'Eglise ;
Et le nombreux clergé, trouvant la table mise,
S'assit incontinent au banquet du Chartreux.
Là, des mets excellents et des vins généreux
Leur furent dispensés d'une main libérale ;
Et les dignes cousins, d'une prudence égale,
Pour réparer les pleurs en ce jour répandus,
Burent de leur côté quelques verres de plus.
Trahi par la gaîté que le bon vin inspire,
De Vars ne s'abstint pas de causer et de rire.
Trop vite consolé dans le cours du festin,
Il oublia, le soir, la douleur du matin.
Le grand prédicateur que l'on venait d'entendre,
Témoin d'un changement qu'il ne pouvait comprendre,
Se dispensa bientôt d'en chercher la raison,
Et se mit à chanter comme un Anacréon.
Le maire et son adjoint, le juge et le notaire,
Etaient, dans ce repas, à leur place ordinaire ;
D'une voix emphatique, à ces prêtres voisins,
Ils vantaient à l'envi les biens qu'à pleines mains
Le Chartreux répandait au sein de leur commune ;
Et tous leur enviaient cette grande fortune.

Séduit par ces discours, le plus riche d'entre eux,
Pour la première fois, se montra généreux ;
Espérant qu'à ce prix on pourrait bien le faire
Curé de son canton, ou même grand vicaire.
Il vint, après dîner, au noble charlatan,

Offrir un rouleau d'or, son revenu d'un an ;
Et de Vars, cette fois, par un rare caprice,
En termes gracieux refusa son service.
Puis il daigna conter à ce prêtre forain
Ce qui se préparait à Quimper-Corentin ;
Il lui dit qu'un neveu, seigneur de haut parage,
Apportant les trésors trouvés dans l'héritage,
Allait bientôt venir, avec cinq chariots
Fortement attelés de ses propres chevaux.
« Mais gardez le secret : vous voyez où je vise,
« J'en veux à mon cousin ménager la surprise. »

Le sage confident promit tout, ne tint rien.
A l'air dont le Chartreux termina l'entretien,
Il crut voir qu'il pouvait, sans danger de déplaire,
Du moins à ses amis, s'ouvrir sur ce mystère.

Toutefois il pria les nouveaux confidents
De n'en parler qu'entre eux à leurs proches parents.
Mais la précaution devint très-inutile,
Le secret éventé courut toute la ville.

On sut donc que de Vars attendait un agent
Qui devait apporter de l'or et de l'argent,
Des bijoux, des effets de diverses natures,
Avec plusieurs chevaux, traînant plusieurs voitures.
Mais ce n'est là qu'un bruit ; et tant que le Chartreux
Ne l'a pas avoué, le fait reste douteux.

Lui-même fut un jour pressenti par le maire.
Tout à coup il s'émut et, d'une voix sévère :
« Je vois bien, reprit-il, qu'un parleur indiscret
« A répandu des bruits et trahi mon secret.
« Mais, puisque vous aussi, vous voulez tout connaître,
« Souffrez que je vous gronde et lisez cette lettre ;

Il lit : « De Kerlorec, grand Duc et cordon bleu :
« Vous voulez de vos biens combler votre neveu.
« Cher oncle, en me donnant vos châteaux et vos terres,
« Vous faites plus pour moi que le meilleur des pères.
«. Soyez béni. Du moins le plus beau mobilier,
« Par mes soins, à Tallard, passera tout entier.
« Je me suis arrangé pour faire le voyage.
« Déjà j'ai présidé moi-même à l'emballage.
« Quel trésor ! dès le jour qu'il vous sera remis,
« Vous pourrez amplement complaire à vos amis.
« Les bijoux et l'argent, de diverses espèces,
« Se trouvent enfermés au fond de plusieurs caisses
« Construites à dessein, d'un travail presque brut,
« Vous diriez, à les voir, des meubles de rebut.
« J'ai soin de déguiser l'éclat de mes voitures,
« Et mes gens, après moi, marcheront sans parures.
« Cinq chariots sont prêts ; et le convoi demain,
« Avec nos dix chevaux, sera mis en chemin.
« En passant à Paris je ferai vos affaires.
« J'inscris sur mon carnet les notes nécessaires. »

On était chez l'adjoint. Quelques autres amis
Ainsi que le curé s'y trouvaient réunis ;
Et tous ont entendu la lettre merveilleuse.
On la relut vingt fois ; et la troupe joyeuse
Perdit vingt fois la tête en songeant à tant d'or,
De l'argent, des bijoux sur cinq chars ! quel trésor !

Le Chartreux se taisait et versait quelques larmes :
Mais son cousin l'embrasse ! O moment plein de charmes :
Tout le monde entraîné d'un mouvement soudain,
On tombe à ses genoux, on lui baise la main.
On ne se quitta point ; cette belle journée
Fut par un grand repas dignement terminée.
On y but à longs traits ; et l'heureux charlatan

Y mangea pour sa part les trois quarts d'un faisan.

Mais la nouvelle court; et pendant que l'on dîne,
De l'un à l'autre bout la cité s'illumine ;
Vingt fois le fauconneau fait retentir les airs ;
Le peuple se répand dans des ébats divers ;
On se met en festin, on danse, on se promène ;
Pour être plus à l'aise on va dans la Garène.
Dans ce lieu déjà plein d'espérance et de foi,
Durant la nuit entière on fut en grand émoi.
Ainsi quand le printemps succède à la froidure,
Quand le soleil de mars réjouit la nature,
Du chalet hivernal les troupeaux délivrés
S'échappent dans les champs, bondissent sur les prés ;
De joyeux bêlements remplissent la campagne ;
Et l'écho leur répond des flancs de la montagne.

Tandis que le Chartreux, devenu grand seigneur,
S'installe dans ses biens avec tant de bonheur,
La vanité passant en lumineux phosphores,
Aux cœurs Tallardiens, entre par tous leurs pores.
Plusieurs sont en souci pour être mieux vêtus.
De Vars par-ci, par-là, répand quelques écus ;
Pour aider au besoin il emprunte lui-même,
Et les pauvres ont lieu de bénir son système.

# LA TALLARDIADE.

## CHANT CINQUIÈME.

Après les longs combats, telle une veuve mère
Se consume en soupirs, sous son toit solitaire,
Attendant de son fils le retour annoncé,
D'un fils qu'elle n'a pas dès longtemps embrassé.
De son cœur maternel l'inquiète tendresse,
Vers l'objet de ses vœux la ramène sans cesse :
Elle compte les jours, les heures, les instants;
De sa marche trop lente elle accuse le temps;

Le jour passe et la nuit s'écoule tout entière,
Sans que le doux sommeil ait fermé sa paupière ;
Tels les Tallardiens, occupés du convoi
Que le grand duc breton fait marcher devant soi,
Voudraient à tout moment en savoir des nouvelles.
Oh ! s'il dépendait d'eux de lui donner des ailes !
Vains désirs ! asservis sous le poids, les chevaux
Traînent péniblement leurs énormes fardeaux,
Et de Vars a besoin d'allonger la courroie ;
Il les fait donc marcher par la plus longue voie ;
Et souvent en chemin, quelque encombre fâcheux
Vient retarder le jour qu'appellent tant de vœux.

Mais ce jour doit venir, et de Vars considère
Qu'il est trop à l'étroit dans le vieux presbytère ;
Il fait donc pour un prix, payable l'an prochain,
Acheter la maison du plus proche voisin,
Et dès le premier jour il en changea les êtres,
Il agrandit la porte, ouvrit d'autres fenêtres.
Lui seul fut l'architecte, et la salle à manger
Est un point capital qu'il eut soin d'arranger.
Sur le même palier, d'une pièce en rotonde,
Il fit un beau salon, digne du plus beau monde,
Avec l'intention d'y placer un billard
Pour le noble plaisir des nobles de Tallard.
Et déjà l'on voyait dans son œuvre avancée,
La chambre du grand duc avec goût agencée.
Heureux Tallardiens ! les chevaux et les chars,
Au bout de ces travaux, s'offrent à vos regards,
Et dans certains esprits portent la turbulence.
« Il faut tirer de Gap une prompte vengeance.
« Les vieux ménagements ne sont plus de saison ;
« Montrons les grosses dents à ce peuple félon. »
« Gap, après tout, qu'est-il ? Un lieu que nos ancêtres

« Emportèrent d'assaut et dont ils furent maîtres (1).
« Que ce grand souvenir pénètre dans nos cœurs,
« Montrons à ces rivaux les fils de leurs vainqueurs. »

A ce cri, la jeunesse allait courir aux armes.
Les femmes commençaient à répandre des larmes.
La guerre ne plaît pas au sexe féminin.
L'adjoint ouvrit alors un avis plus humain.
Urbain dit : « Mes amis, puisque enfin la fortune
« Veut de ses dons heureux combler notre commune,
« Nous n'aurons, croyez-moi, pour nous venger de Gap,
« Nul besoin d'y courir armés de pied en cap.
« Quand ils auront appris l'état de nos affaires,
« Ils seront disposés à nous traiter en frères ;
« De leur inimitié n'ayons plus de souci ;
« Nous n'irons pas chez eux, mais ils viendront ici ;
« Les premiers de la ville y sont sur le qui-vive,
« Empressés de savoir si le grand duc arrive.
« Quand il sera venu, quand l'or et les bijoux
« Auront passé chez eux pour s'arrêter chez nous,
« Ils viendront bassement frapper à notre porte,
« Nous voir, nous embrasser, s'égayer, faire en sorte
« Que nous soyons forcés de penser que vraiment
« Leurs cœurs sont enchantés de notre événement.
« Chaque fois, dans le cours de leurs longues visites
« Ils nous entretiendront de leurs rares mérites.
« Peut-être, diront-ils qu'au temps de nos malheurs,
« Nous avons quelquefois usé de leurs faveurs.
« Ils vont nous assurer de leur reconnaissance,
« Pour la part qu'ils auront dans notre bienveillance,
« En nous recommandant, pour n'y pas revenir,

(1) Au temps des guerres de religion, la ville de Gap fut assiégée et prise d'assaut par une troupe de Tallardiens, partisans de la réforme.

« Et leurs fils déjà nés et leurs fils à venir.
« Et Dieu sait quels enfants! des frêlons en bon nombre
« Pour se gorger de miel et se tenir à l'ombre.
« Surtout ils nous feront de fades compliments,
« Vanteront nos vertus, nos vœux, nos sentiments,
« Le tout pour obtenir un lot dans nos subsides.
« Tallard saura juger leurs manœuvres cupides ;
« Et pour leur rendre aussi nos devoirs, en retour
« Nous les aspergerons d'eau bénite de cour. »

Urbain ainsi parlant avait l'air de sourire,
Tallard comprit le sens de l'aimable satire ;
Et l'on ne parla plus de répandre du sang
Pour disputer sur Gap la primauté du rang.

Cependant du Chartreux le mobile génie,
D'un voyage prochain conçoit la fantaisie.
Devant ses courtisans, d'un brillant coloris
Il sait inaugurer le dessein qu'il a pris.
Il leur dit : « Pour le bien d'une importante affaire
« Confiée au grand duc sous le sceau du mystère,
« J'ai besoin d'être à Gap, d'en voir les habitants
« Et de vivre avec eux pendant un certain temps.
« Ont–ils quelques vertus, du bien, de la noblesse?
« Leurs prêtres savent–ils le latin de la messe ?
« Bientôt Gap et Tallard, plus que vous ne pensez;
« Vont encor... Mais c'est trop, ou du moins c'est assez.
« Votre amitié m'est chère autant qu'elle m'honore ;
« Mais durant mon absence en jouirai-je encore ?
« Ou bien d'un triste oubli m'allez-vous.... A ce mot,
Ce fut dans le salon un immense sanglot ;
Ce fut le cri soudain d'une douleur sublime,
Tallard se récria d'une voix unanime :
« Vous oublier, Seigneur! Oublier vos bienfaits!
« Ce crime parmi nous ne se verra jamais.

De Vars leur dit alors : « Je me plais à le croire ;
« Tallard aussi vivra toujours dans ma mémoire.
Le curé, plus que tous, saisi d'émotion,
Lui donne là-dessus sa bénédiction.

Ainsi lesté, de Vars peut se mettre en campagne ;
Un notaire d'Embrun, Suzanne, l'accompagne.
Suzanne est un cousin très-bien accrédité,
Depuis qu'il a dûment prouvé sa parenté ;
Il fréquente Tallard, bercé par l'espérance
D'être, un beau jour, nommé garde des sceaux de France.
De Vars vint donc à Gap ; et Gap ne s'émut point,
Sa grandeur en ce lieu n'était pas à son point ;
Les Gapençais n'avaient qu'une idée imparfaite
Des honneurs dans Tallard amassés sur sa tête ;
Il séjourna chez eux pendant cinq jours entiers,
Voyant les monuments, lisant les vieux papiers.
Son langage était doux, son air simple ; à l'entendre,
Il cherchait un hôtel ou quelque terre à vendre,
Cependant il s'était modestement logé.
Lui prêtre, il évita le contact du clergé.
Son principal souci fut d'écrire un libelle
Où son esprit malin à grands traits se révèle.

Content de son travail, quand il fut de retour,
Il parla clairement dans sa joyeuse cour :
« Mes amis quand j'ai su que notre auguste prince
« Allait d'un évêché doter cette province,
« Je me suis empressé d'écrire à mon neveu ;
» J'ai plaidé pour Tallard. Ma lettre était de feu ;
« J'ai vivement parlé de votre siége antique,
« A l'appui de vos droits, au bout de ma supplique,
« Comme un flambeau porté devant les bons esprits,
» J'ai transmis le discours du notaire Denis ;
« Et mon voyage heureux au gré de ma pensée,

« Fera le complément de l'œuvre commencée.
« J'ai tout vu par moi-même, et voici mon rapport :

« Si Gap est neuf au Sud, il est bien vieux au nord
« Et pour quatre maisons de moyenne apparence,
« On en rencontre cent qui vont en décadence.
« La ville est sur un plan informe, sinueux ;
« Après bien des circuits, dans un quartier honteux,
« On trouve le collége...., usine détraquée,
« Par quelque ver rongeur en secret attaquée ;
« Souvent on l'organise et toujours c'est en vain ;
« Gap y perd tous les ans son grec et son latin.
« Je n'ai pu sans regret visiter leur hospice,
« Il rappelle à l'esprit une grande injustice ;
« L'église, la maison, le verger, les jardins,
« Tout procède d'un vol fait sur les capucins.
« Gap se flatte d'avoir un logement d'évêque ;
« Mais l'immeuble est grevé d'une forte hypothèque.
« C'est là qu'est le préfet,.., où trouver des recors
« Qui se veuillent charger de le mettre dehors ?

« Mon âme s'est troublée en voyant leurs églises,
« Pour magasin à foin les unes furent prises,
« Les autres, pour les clubs du parti jacobin ;
« C'était quand le pays se fit républicain.
« Les clubs ! ! Ce souvenir effraie encor le monde.
« Parcourons les dehors de cette ville immonde :
« Sur un terrain boueux, coule leur grand cours d'eau,
« La Luie.... Elle n'est ni torrent ni ruisseau.
« Quand il n'est pas à sec, son flot n'est qu'un mélange
« De graviers recouverts et d'ordure et de fange ;
« Voyez les vingt moulins établis sur ses bords
« Pendant neuf mois entiers, véritables corps morts ;
« Ses usines sans eau sont l'exacte figure
« Des sépulcres blanchis dont parle l'Écriture,

« Otez aux Gapençais leurs vieux plants de noyers,
« Et leurs chemins bordés de jeunes peupliers,
« Leur campagne coupée en vallons et collines
« N'offre partout aux yeux que ronces et qu'épines.
« Ils parlent d'un canal : oui, le Drac du Champsaur
« De ses limpides eaux leur offre le trésor ;
« Mais le pas est scabreux ; pour franchir leur montagne,
« Ils n'ont pas comme nous une tante en Bretagne.
« La poussière qu'ils font et derrière et devant
« Ne sera qu'un nuage emporté par le vent.
« Tel y court sur un char élevé jusqu'aux nues,
« Qui devrait en descendre et balayer les rues ;
« Et tel par son babil étonne notre esprit,
« Qui n'a plus aucun sens au moment qu'il écrit.
« J'ai pris mon temps pour voir leur bibliothécaire :
« Il a l'œil droit poché, le gauche ne voit guère ;
« Cet homme cependant remplit divers emplois ;
« Gap est donc le pays où les borgnes sont rois.

« De la religion que disent les annales ?
« Que Gap est un foyer d'erreurs et de scandales.
« Gap a donné le jour à Guillaume Farel,
« Et Gap inaugura son prêche criminel.
« Les Gapençais courant à sa voix frénétique
« S'assemblaient à l'envi dans le temple hérétique.
« Leur évêque avec eux, Gabriel de Clermont,
« Y vint la crosse en main, la mitre sur le front !
« Osons le dire, Gap est un autre Gomorrhe
« Qui pèse sur la terre et que le ciel abhorre. »

« Chers amis, ce rapport est joint à mon placet :
« J'ai prié le grand duc d'y mettre son cachet.
« Tout ira pour le mieux. Le roi dans sa justice,
« Croira de satisfaire à Grégoire d'Amnice,
« En rendant à Tallard son ancien évêché,

« Et Gap aura pour lui la lèpre du péché.
« Daigne le ciel ainsi bénir notre demande ! »

Ses amis l'écoutaient et leur joie était grande.
Le curé décida qu'à cette occasion
On fera, dans la ville, une procession,
Où l'on promènera la châsse de Grégoire
Pour rappeler son peuple à sa sainte mémoire.
Au sein de l'espérance où Tallard s'engouait,
Quand il semblait que tout marcherait à souhait,
De Vars reçoit un pli que le grand duc envoie :
Il le prend, il le lit... O fatal rabat-joie !
« Cher oncle, laissons-là l'évêché de Tallard ;
« Gap l'emporte.... Pourquoi m'écriviez-vous si tard ? »
Un revers si soudain consterna tout le monde.
Le Chartreux fut saisi d'une douleur profonde,
Il parut comme on est quand on perd la raison ;
A l'heure du souper, il ne prit qu'un bouillon,
Son chagrin refusa toute autre nourriture ;
Ce fut bien rudement châtier sa nature.

La nuit s'étant passée, au lever du soleil,
Le maire réunit son fidèle conseil ;
Et chacun opina de lui faire visite,
Ainsi qu'on l'aurait fait en cas de réussite.
Le voyage de Gap, quoique resté sans fruit,
N'est pas moins un grand fait que son zèle a produit.
Ce lucide rapport où tout vient à sa place,
Ne sera pas toujours une œuvre inefficace ;
Gap et ses habitants vont être mieux connus ;
Et leur évêque même en deviendra confus.
Tel est l'ordre du jour ; sans attendre le reste,
Il faut que de Tallard l'esprit se manifeste ;
Ainsi quand le Chartreux affectait tant d'ennui,
Le corps municipal se présente chez lui.

Et le maire animant et son geste et sa langue,
Se met à prononcer une belle harangue :

« Prodige de grandeur, haut et puissant écueil
« Où Gap humilié va briser son orgueil,
« Vous qui faites couler un fleuve de richesse,
« Et dont l'esprit contient des trésors de sagesse,
« En présence de qui tous les globes errants..... »
Mais de Vars l'interrompt : « C'est assez, je comprends,
« Modérez des honneurs où mon âme s'enivre.
« C'est pour vous et chez vous que je fais vœu de vivre. »

Tant d'amour et le temps, puissant consolateur,
Chassèrent assez tôt les chagrins de son cœur,
Et la sérénité revint sur sa figure ;
C'est vers ce temps qu'il prit une sage mesure :
Dans un conseil privé, tenu chez son cousin,
Dom Raymond proclama Réné son médecin ;
Le poste était brillant : Réné s'en montra digne ;
Il fut, dès son début, d'une prudence insigne ;
Sur la grandeur de l'homme, il mesure ses soins,
Il l'observe en public, il le voit sans témoins.
La nuit, si quelque rêve interrompt son haleine,
Si, dans son lit moelleux, il ressent quelque gène,
Réné qui ne dort pas, se présente aussitôt
Et s'assure s'il est ou trop froid ou trop chaud.
Jeune et déjà doué d'une tête savante,
Il ne perd aucun temps, il raisonne, il commente.
Il avait remarqué que rien dans un festin
Ne lui plaisait autant qu'un hachis de lapin ;
Que souvent de ce mets il vantait l'excellence.
L'ingénieux docteur rend donc une ordonnance
Portant que les lapins choisis pour le Chartreux,
Vivraient, pendant un temps, dans un régime heureux.
Nourris de serpolet, de thym ou de lavande ;

Et pour en faire encore une chair plus friande,
Un enfant assidu, le matin et le soir,
Envers ces animaux s'acquitte d'un devoir :
Il les prend par la queue et leur donne en clystère,
Trois gouttes de vin vieux, de Chypre ou de Madère.
Aimable invention ! le plus grand potentat
Fût-il jamais l'objet d'un soin si délicat ?

# LA TALLARDIADE.

## CHANT SIXIÈME.

Habile historien d'une sainte chapelle,
Toi qui sus dessiner, dans un tableau fidèle,
Deux célèbres rivaux, le chantre et le prélat,
Toujours par un dîner préludant au combat,
Girot et Gilotin, officiers de cuisine,
Et le tranquille Évrard, fier de sa bonne mine,
Qui confond l'Alcoran avec les Livres saints :
Et content de savoir que ses tonneaux sont pleins,

Parle de boire frais au lieu d'ouvrir un livre
Et subordonne tout au devoir de bien vivre,
Boileau, peintre divin, enseigne-moi ton art,
Pour peindre dignement les fêtes de Tallard.

Tandis que le grand duc s'avançait sur sa route
Avec tant de trésors dont personne ne doute,
Les bons Tallardiens, pour être heureux plus tôt,
Déjà tous les matins, mettaient la poule au pot;
Les plus petits repas donnés au presbytère
S'offraient encore aux yeux, sous un grand caractère,
Et cet air de grandeur qui s'étendait à tout,
Du prochain âge d'or était un avant-goût.

Alors vint un grand jour ! La cloche matinale
Annonça du Chartreux la fête patronale;
Et dans le même sens, le bruyant fauconneau
Fit retentir les airs des hauteurs du château.

Ce bruit ne surprit point; une annonce pareille
Avait mis les esprits en émoi dès la veille.
Déjà durant le soir, le peuple avait dansé
Devant un grand bûcher sur la place dressé,
Que le maire et l'adjoint, avec cérémonie,
Allumèrent au feu d'une torche bénie.
L'heureux Tallard va donc, au gré de son désir,
Suspendre ses travaux et faire du plaisir.

Tout étant grandement préparé dans l'église,
Le corps municipal et tous les gens de mise
Se rendent en cortége au salon du Chartreux.
Le grand homme bientôt sort et marche avec eux;
Et le peuple, d'avance assemblé dans la rue,
Se presse sur ses pas pour jouir de sa vue;
Les enfants devant lui font voler des rameaux,

On a sur son trajet arboré vingt drapeaux,
Et des murs de Tallard, cent et cent cris de joie
Vont retentir au loin, d'où l'écho les renvoie.
Curés et desservants, les prêtres d'alentour
Furent tous invités aux pompes de ce jour ;
L'un d'eux, au grand plaisir des oreilles sensibles,
Y vint d'un doigt léger toucher les *saintes sibles*,
De l'orgue de Tallard, tel est le vieux surnom.
Cependant à l'autel, un curé de canton,
Et quatre desservants, d'une égale prestesse,
Manœuvraient en bel ordre et célébraient la messe :
Un jeune clerc vidait sur des charbons ardents
Des sachets de senteur, des navettes d'encens.
On avait avec art, au nœud de trois ficelles,
A défaut d'encensoir, suspendu des écuelles ;
Et six enfants de chœur, ustensiles en main,
Concouraient dignement au service divin.
De longs flots de fumée, en forme de nuage,
S'amassent sur de Vars, entourent son visage ;
Et son nez s'emplissant dans cette épaisse nuit,
Le saint homme, trois fois, éternue à grand bruit :
Et du haut de l'autel, interrompant l'office,
Le clergé lui répond : Que le ciel vous bénisse !
A chaque éternuement, d'un ensemble parfait,
Le corps municipal, à l'exemple du maire,
Pour l'honorer aussi s'inclina jusqu'à terre.

Ainsi que de coutume, un splendide festin
Indemnisa le soir des peines du matin.

Un cuisinier de prince, émérite en Provence,
Pour cette grande fête était venu d'avance.
Il reçut carte blanche, et ce digne officier,
Dans l'art de dépenser, parut plus que sorcier.
Dirai-je tous les plats qu'en ce jour mémorable,

Le curé de Tallard vit passer sur sa table?
Tous les vins qu'il fit boire et tant de mots heureux
Qui lui vinrent à point pour louer le Chartreux?
Marion, toi que Dieu sans doute avait fait naître
Pour régler sagement les œuvres de ton maître,
Tes yeux furent au moins heureux de ne voir pas
Tant de biens prodigués pour faire un seul repas;
Dépenser en un jour ses rentes d'une année!
Et ta raison aussi se serait étonnée
A voir le clergé même, à sens dessous dessus,
Parlant tous à la fois et ne s'entendant plus.
Silence! on va porter la santé du grand homme:
« Daigne le ciel sur lui répandre tout son baume. »
Puis celle du grand duc qui conduit les trésors;
« Puisse-t-il, sain et sauf, arriver sur ces bords! »
Enfin de Vars se lève aux yeux de l'assemblée:
« Buvons à mon cousin, l'évêque d'Amyclée! »
A ce toast imprévu, porté bien clairement,
Tout le salon resta muet d'étonnement,
Et chacun se demande: Où donc est ce diocèse?
On attend, c'est en vain.... De Vars, tout à son aise,
Sans dire un mot de plus, boit son vin et s'assied.
Mais bientôt son cousin crie, en frappant du pied:
« Cruel, qu'avez-vous fait? Sentez-vous mon angoisse,
« S'il me fallait un jour abdiquer ma paroisse. »
— « Fort bien, reprit de Vars, j'admire le bon tour;
« On va s'en prendre à moi des œuvres de la Cour. »

Mais plus tard le tartufe, usant de complaisance,
Lut les derniers billets de sa correspondance.
L'assemblée apprit donc que l'illustre neveu,
Aux remparts de Paris arrivé depuis peu,
Passerait quelques jours dans cette capitale;
Qu'heureux de disposer de la faveur royale,
Il avait fait d'abord, d'un même bulletin,

Nommer à Saint-Denis de Vars et son cousin ;
Il mande que leur rang, dans l'auguste chapitre,
Met leur front au niveau des honneurs de la mitre ;
Que le roi toujours bon a voulu faire plus,
En les créant tous deux prélats *in partibus :*
Poste éminent qui sied à la haute naissance
Et qui n'empêche pas de résider en France ;
Que cet épiscopat convient à deux amis
Qui veulent désormais demeurer réunis,
Et faire le bonheur d'un lieu qui le mérite.
« Enfin, dit le Chartreux, notre bulle est écrite,
« Monseigneur, calmez-vous ; si veut notre bon roi,
« Amyclée est à vous, Bethléem est à moi. »

Il leur apprend encor que les chars, non sans peine,
Sont enfin parvenus sur les bords de la Seine ;
Et qu'après quelques jours d'un utile retard,
Ils vont continuer leur route pour Tallard.
De Vars leur fit à tous cette ouverture insigne ;
Par une vive foi, chacun s'en rendit digne ;
Et chacun s'inclinant, salua leurs grandeurs.
On dit aux deux prélats les mots les plus flatteurs.
Alors de Bethléem, on fond sur Amyclée.
Dans ce bruyant repas, la foule peu réglée
Se répand en ces lieux comme en pays conquis,
La gaîté la plus folle enlevait les esprits.

Cependant dom Raymond devint sombre et maussade ;
Il cessa de manger et s'avoua malade ;
Obligé de sortir du salon du festin,
Un soupir douloureux s'échappa de son sein.
Il convoitait le rôt étalé sur la table,
D'un beau lièvre surtout il regrette le râble ;
Pour voir encor ce mets qu'il croit délicieux,
Trois fois en s'en allant, il détourne les yeux ;

Et pour surcroît de trouble, il rencontre à la porte,
Sur vingt plats, arrangé, le dessert qu'on apporte.
Tel un enfant, au jeu par sa mère surpris,
Et dérobé par elle à ses jeunes amis,
Cède en se débattant à la main qui l'entraîne;
Obligé de marcher, il marche; mais sa peine
Se marque dans ses pas et se lit sur son front.
Tel, ou même accablé d'un chagrin plus profond,
Le malheureux de Vars ressentait sa disgrâce;
Dans un moment si doux, renoncer à sa place.
Ce regret à son mal ne faisait qu'ajouter.
Réné, son médecin, accourt pour l'assister,
Il lui tâte le pouls et le baigne de larmes;
Il partagea d'abord les communes alarmes;
Il n'y concevait rien : comment, jamais songer
Qu'un chartreux quelquefois peut aussi trop manger?
Au sein du doute obscur où son esprit s'enfonce,
Il se tait, on le presse.... Or voici sa réponse :
« Les cieux daignent enfin éclaircir mes regards;
« Que dom Raymond, pendant vingt minutes trois quarts,
« Par les extrémités, soit baigné dans l'eau pure.
« Vous, hâtez par vos vœux le bien que j'en augure. »

Il fait vite apporter trois vases remplis d'eau;
Et, le Chartreux, assis sur un large escabeau,
Trempe ses pieds dans l'un ; puis l'adjoint et le maire,
Chacun de son côté, prêtant son ministère,
En l'air, non sans efforts, soutiennent les deux bains,
Où le malade encor trempe ses nobles mains;
Tandis que le curé l'appuyant par derrière,
Soupire sur son front une ardente prière;
Et, placé devant lui, l'habile médecin
Observe la nature, une montre à la main.
Quand l'heure fut passée, on porta le malade
Dans son lit bien chauffé, fumant de cassonnade;

Et tous les assistants plongés dans un grand deuil,
Pleuraient auprès de lui comme autour d'un cercueil.
Mais le mal empirait ; le médecin lui-même
Resta, malgré le bain, dans une crainte extrême.
Le curé, s'enfermant au fond de son salon,
Brisa de désespoir sa mitre de carton.
Le trouble et la douleur régnaient au presbytère ;
On pleurait de Tallard la fortune éphémère ;
Ses plus tendres amis, d'un cri tout ingénu,
Se disaient : Si du moins son bien était venu ;
Et ce regret amer, redoublant les alarmes,
Excitait les sanglots, faisait couler les larmes.
N'en déplaise à l'histoire, Alexandre mourant
Causa dans Babylone un tumulte moins grand.

Alban, le receveur, en ce péril suprême,
Se retire à l'écart, se replie en lui-même,
Et cherche à décider si l'on peut décemment
Proposer au Chartreux de faire un testament ;
Mais déjà c'est trop tard, il est dans le délire ;
Et le notaire en pleurs ne pourrait pas écrire.
O douleur ! il faut donc se résigner au sort,
Sans avoir un écu pour enterrer le mort.
Mais pendant que chacun soupire, pleure ou crie,
Un incident heureux vint sauver la patrie :
Un vent qui du malade enfla les intestins,
Un vent qui s'avança par d'obliques chemins,
Entraînant dans son cours les douleurs qu'il endure,
Vint, aux dépens des draps, soulager la nature.
Ce coup sauva de Vars, et l'heureux médecin
Sut dans un long discours l'attribuer au bain ;
Et fit ainsi valoir sa présence inutile.

Dom Raymond lui tendant sa main encore débile,
« Mon ami, lui dit-il, je suis content de vous ;

« Charmé de vous devoir mon salut, il m'est doux
« De vous entretenir de ma reconnaissance.
« Je suis déjà fixé sur votre récompense :
« Vous aurez un coursier au port noble, à l'œil vif,
« D'un prix qu'on ne dit pas, ferré d'argent massif. »
Le docteur à ces mots baissait un front docile.
Mais l'heureuse nouvelle a couru dans la ville.
Le peuple, ivre de joie, inondait la maison,
Remerciait les dieux de cette guérison ;
Et les plus apparents venaient baigner sa couche
Des larmes de leurs yeux, d'un baiser de leur bouche.
Aux plus beaux jours d'été, nous voyons quelquefois
Un seul nuage éclos, sur les monts, près des bois,
Qui, dans les champs de l'air, s'agrandit et s'avance.
D'abord faible et léger, il est bientôt immense ;
Son aspect est affreux, il porte dans ses flancs
L'autan et l'aquilon, la grêle et les torrents.
Alors tout un pays se trouble et se lamente ;
Les faibles et les forts sont saisis d'épouvante ;
Mais le tonnerre éclate et déchire, à grand bruit,
Les nuages épais qui formaient cette nuit ;
Et d'un soleil plus beau la lumière féconde
Reparaît dans les cieux et console le monde.
Telle, après une juste et profonde frayeur,
La cité de Tallard renaquit au bonheur.
La seule Marion montra plus de sagesse;
Quand de Vars se mourait, sans plaisir, sans tristesse,
Elle tint à l'honneur d'un silence décent.
Une femme se tut !.... Est-il convalescent ?
Sa voix s'élève encor pour blâmer leurs dépenses,
Tant d'emprunts ruineux, tant de folles croyances ;
Elle criait souvent : « Habitants malheureux,
« Quand donc connaîtrez-vous ce perfide Chartreux?
« Jusqu'où va votre erreur? La colère divine
« A-t-elle au temps présent marqué votre ruine ? »

Ainsi, jadis Cassandre, au milieu d'Ilion,
Prédisait l'avenir ; mais sa prédiction
Passait comme la feuille, aux vents abandonnée ;
Et le peuple troyen subit sa destinée.

Le médecin Réné n'est pas Tallardien ;
De Vars étant guéri, mangeant et buvant bien,
Il obtint un congé pour retourner à Serres,
Visiter sa famille et régler des affaires.
Ou peut-être un peu las, sentait-il le besoin
De prendre du repos après un si grand soin.
Il part donc de Tallard, et non loin de la porte,
Il se met à parler au cheval qui le porte :
« Fidèle compagnon de mes anciens travaux,
« Nous allons nous quitter ; dans mes destins nouveaux,
» Je suis trop au-dessus de la classe vulgaire,
« Je ne puis pas monter un cheval ordinaire ;
« Médecin du Chartreux, il me sied désormais
« D'élever mes regards, d'agrandir mes souhaits.
» La nature a tout fait dans cette heureuse crise ;
« N'importe, c'est mon art, c'est moi qu'on préconise.
« O Coco, mon cheval ! voilà le point qui rend,
« Entre nous aujourd'hui, l'intervalle trop grand !
« Mais ne crains rien, je veux t'assurer un bien-être. »
Coco resta muet à la voix de son maître ;
Il n'anticipait point sur l'avenir douteux ;
Et le temps a fait voir le plus sage des deux.

# LA TALLARDIADE.

## CHANT SEPTIÈME.

L'histoire de Tallard, quoique pleine de gloire,
Me met dans l'embarras plus qu'on ne saurait croire ;
Trop d'uniformité peut engendrer l'ennui.
Ce qu'on y disait hier, on le dit aujourd'hui :
C'est toujours le trésor qui vers Tallard chemine
Sous les yeux du grand duc assis dans sa berline ;
Tous les jours on remet, sur le même tapis,
Les deux heureux prélats nommés à Saint-Denis ;

Toujours mêmes festins et même compagnie ;
Comment ne pas tomber dans la monotonie !
Je craignais.... Tout à coup un heureux incident
Est venu m'apporter un secours évident.
O de Vars ! je t'en rends des grâces solennelles ;
Sur un autre terrain aujourd'hui tu m'appelles.
Quittons un peu Tallard. L'heureux aspect des champs,
D'une grâce nouvelle embellira mes chants.

Près des monts où la Drôme, allongeant sa frontière,
Aborde au même point les Alpes et l'Isère,
S'étendent la forêt et les champs de Durbon.
Là jadis la Chartreuse avait une maison,
Des terres et des bois, d'immenses pâturages ;
Tout était aux Chartreux dans ces sites sauvages ;
Et sans blesser le droit, dom Raymond pouvait bien
Considérer encor Durbon comme son bien ;
Mais surtout il devait, plus qu'un homme du monde,
Se plaire aux souvenirs dont ce désert abonde.
Il a donc résolu de visiter ces lieux ;
Il parle à ce sujet d'un vœu religieux.
Après tout, chacun sait que les grands personnages,
Au rang de leurs plaisirs, ont classé les voyages.
Le jour est arrêté, ses ordres sont transmis,
Il assemble chez lui ses fidèles amis ;
Bientôt on voit partir la noble caravane,
Présentant un aspect mi-sacré, mi-profane ;
Nos seigneurs les prélats, modestement piétons,
Marchaient en récitant de saintes oraisons ;
Les autres, moins pieux, à travers la campagne,
Cheminaient en parlant du grand duc de Bretagne
Et de l'or qu'il conduit... O ciel ! quel contre-temps,
S'il allait arriver quand nous serons absents !

Cependant vers le nord la troupe s'achemine,

Elle suit à pas lents le torrent de Rosine ;
On bénit, en montant, Neffes et Sigoyer.
Puis on fait une halte au col de Mentayer ;
On déjeune sur l'herbe, et la foule s'amuse
A transmettre sa joie aux échos de Céuse.
Tous étaient enchantés; l'airain retentissant
Les a, depuis Tallard, salués en passant.
Pour obtenir à point tant de faveurs, le maire
A fait, pendant la nuit, partir un émissaire ;
Et, par lui prévenus, les prêtres des hameaux
S'empressaient d'honorer les évêques nouveaux.

On se remet en marche, on descend, on s'approche,
Au bord du petit Buëch, des vergers de la Roche,
Ces vergers qu'a créés un seul homme de bien.
Que dit-on à de Vars de ce seul homme ? Rien.
Notre pays pourtant doit bénir sa mémoire.
O Serres, noble ami ! Pour moi je m'en fais gloire ;
Mes paroles, surtout depuis que tu n'es plus,
N'ont cessé de louer ton nom et tes vertus.

Les prélats ont marché, Veynes est sur leur route ;
Ce bourg n'est pas aimé, pour bons motifs sans doute ;
Avant que d'y venir, par un détour adroit,
La troupe s'esquivant, évita cet endroit.
Veynes tire de Gap ses mœurs et son langage;
L'un est comme le type, l'autre est son image;
Tous deux sont pour Tallard sans amour, sans respect ;
Veynes fut donc traité comme un pays suspect.
Ils vinrent, plus joyeux, sur les confins de Serres.
Là Réné, pour les suivre, attendait sur ses terres ;
D'un bel arc de triomphe, il orna son pays.
Ces vers sur le fronton par lui furent écrits :
« A nos seigneurs, salut, honneur et révérence !
« Le Serrois est soumis à leur obédience. »

De Vars, en les lisant, porta sa main au front,
Et dit avec bonté : Nos cœurs s'en souviendront.
Après quelque repos, la marche continue;
Les peuples d'alentour, instruits de leur venue,
Sur les bords du grand Buëch, viennent de toute part;
Tous veulent voir de près les grandeurs de Tallard.
Le soir du premier jour, on arrive en Beauchêne;
Il fallut s'arrêter, la nuit était prochaine.
Les grands furent reçus chez le curé du lieu :
Et les petits laissés à la garde de Dieu;
Tel Israël marchait vers la terre promise,
Et, dans ce campement, plus heureux que Moïse,
De Vars n'eut à punir aucun séditieux.
Lui-même, il soupa bien et dormit encor mieux.
Son cousin fut privé d'un si doux avantage;
La marche, un autre lit, les soucis du voyage,
Troublèrent son esprit, le rendirent rêveur;
Et son corps fut trempé dans un bain de sueur.

Transporté par un songe aux portes d'Amyclée,
Il entre; Sa Grandeur devant être installée,
Il fit en arrivant de pénibles efforts
Pour parler noblement aux peuples de ces bords;
Il était entouré d'un glorieux chapitre,
Devant un peuple immense, ébloui de sa mitre;
Il disait: « O vous tous ! membres de mon troupeau,
« Habitants d'un pays qui m'est encor nouveau,
« Ne sachant pas assez vos mœurs et votre langue,
« Je me trouve forcé d'abréger ma harangue,
« Au défaut de ma voix, lisez dans mon regard,
« Vous y reconnaîtrez que je viens de Tallard.
« Tallard, heureux pays où de Vars de Bretagne
« Comble de tant de biens la ville et la campagne... »

A ces mots, l'orateur, s'éveillant en sursaut,

Se vit encore en France et demeura penaud.

Aux portes du levant, annoncé par l'aurore ,
Sous l'azur d'un beau ciel, le jour allait éclore.
On se trouvait alors dans ce mois enchanté
Qui finit le printemps et commence l'été.
Aux vergers de Tallard, la fraise et la cerise
Ont déjà du Chartreux flatté la friandise ;
Dans un autre climat, maintenant Sa Grandeur
Va marcher à Durbon sur le fraisier en fleur,
Plaisir charmant ! Ainsi sa belle destinée
Lui fait voir deux printemps dans une seule année.
A peine le soleil montait sur l'horizon ,
Lorsque les pèlerins entrèrent en Durbon ;
Le rossignol chantait, les serins, les fauvettes
Chantaient pareillement au-dessus de leurs têtes ;
Cachés sous la feuillée ou volant dans les airs,
Ils n'interrompaient point leurs aimables concerts.
Tels étaient autrefois Paphos , Cythère ou Gnide :
Le maire s'écria: C'est le palais d'Armide.
De Vars lui répondit: « Puisque ce lieu vous plaît ,
« Je resterai fidèle à mon premier projet;
« Ces bois, ces prés, ces champs, tout ce vaste héritage
« De nos frères chartreux était un apanage.
« Pour le revendiquer nous aurions cent raisons ;
« Mais, pour couper plus court, nous le rachèterons ;
« Nous allons maintenant tout voir, tout reconnaître,
« Plus tard nous reviendrons pour faire acte de maître. »
Ce mot fit grand plaisir aux bons Tallardiens ;
Et Durbon fut dès lors rangé parmi leurs biens.
Ils se crurent chez eux ; et même le notaire
Voulait du mobilier dresser un inventaire.

Cependant le Chartreux montant sur les hauts lieux ,
Pour acquitter son vœu, se rapprocha des cieux ;

Et confina son peuple au pied de la montagne.
Ni maire, ni curé, pas un ne l'accompagne;
Pâle, silencieux, courbé sur son bâton,
Il gravit à pas lents le sommet de Durbon,
Tandis que dans le bas l'évêque d'Amyclée
Impose un grand silence à toute l'assemblée.

Cependant d'aucun vœu de Vars n'est occupé;
Il monte et va dormir sur un roc escarpé;
Puis enfin revenu de son paisible somme,
Il composa ses traits et se fit un autre homme;
Pour rejoindre sa troupe, il partit à grands pas:
Il portait à la main un rameau de lilas,
Et son corps était ceint d'une écharpe brillante:
Il avait le front haut; la face rayonnante;
Ses yeux étincelaient; la troupe, à son aspect,
S'inclina devant lui de joie et de respect:
« Levez-vous, leur dit-il, et voyez votre père;
« En paix avec le ciel, je reviens sur la terre;
« En ce jour solennel, qu'attendez-vous de moi?
« Je vous apporte aussi les tables de la loi.
« Mes amis, c'est ici que vous deviez connaître
« L'important contenu d'une dernière lettre:
« *Cher oncle, j'ai rempli l'un de vos grands souhaits:*
« *Votre nom seul produit de merveilleux effets,*
« *C'est un beau talisman à qui rien ne résiste.*
« *Je vous porte l'extrait d'une première liste:*
« *L'un de vos candidats est duc de Trébaudon;*
« *Le second a pour lui le comté de Durbon.*
« *Le troisième est créé vicomte de Fouillouse:*
« *Et pour le dernier nom inscrit sur votre état,*
« *Nous avons érigé Lettret en marquisat.*
« *Si Gap met en avant son noble de Battines,*
« *Nous lui riposterons un prince de Rosines;*
« *Et ses petits voisins doivent passer pour fous*

« *S'ils font d'autres essais pour s'égaler à nous.* »
Le maire, extasié durant cette lecture,
Lève les yeux, les baisse et change de figure;
Heureux, il est ravi jusqu'au troisième ciel
Où coulent en ruisseaux et le lait et le miel,
Où l'ellébore même a l'odeur de la rose,
Où Tallard apparaît comme un autre Potose.
Après quelques instants, l'esprit du magistrat
Se remit à Durbon dans son premier état.

Enfin de Vars rendant ces notions plus claires,
Proclama par leurs noms les heureux dignitaires;
Et, sur-le-champ, donna l'accolade à chacun.
Puis vint un bon dîner; ils étaient tous à jeun,
Et la bande joyeuse, assise au pied d'un hêtre,
Par les soins de Réné, fit son repas champêtre;
Dans le nouveau comté, Réné fit les honneurs,
Rien ne fut épargné pour plaire à leurs grandeurs:
Et l'heureux médecin, seulement en salades,
En trois jours dépensa le prix de vingt malades.

On se levait matin, on dormait à midi;
Aux passe-temps du soir, on était ébaudi.
Le dernier jour surtout fut un jour mémorable.
On ajouta la danse au plaisir de la table.
Les habitants du lieu, prévenus par Réné,
Arrivèrent en foule au sortir du dîné;
Les colons amenaient leurs bonnes ménagères,
Les bergers avec eux conduisaient les bergères;
Bientôt ils furent tous étonnés d'être admis
Dans un bal où dansaient ducs, comtes et marquis;
Tous ensemble, en cadence, ils sautaient sur l'herbette,
Et leur ménétrier jouait de la musette.
De Vars, de son côté, jouait du violon,
Enfin cédant lui-même à la tentation,

Vite en forme d'écharpe, il ceignit sa soutane,
Et d'un air gracieux, d'autres ont dit profane,
Il se mit à danser, et chacun d'applaudir.
L'abandon du Chartreux fit croître le plaisir,
Et des Amycléens l'indulgent patriarche
Se souvint de David qui dansa devant l'arche.

Quand le bal fut fini, de Vars et son cousin
A ses hôtes des champs donnèrent leur butin.
Le lendemain on vit les sapins et les hêtres
Illustrés de leurs noms gravés en toutes lettres ;
Au troisième matin le Chartreux parle ainsi :
« Mes amis, il est temps, retirons-nous d'ici.
« Nous avons à Tallard de plus grandes affaires ;
« Mais sachez, en quittant ces bois et ces fougères,
« Mettre sous le boisseau comtés et marquisats,
« Jusqu'au jour du grand duc vous n'en parlerez pas. »

A ces mots de leur chef, ils levèrent leurs tentes ;
René pour son herbier arrangeait quelques plantes,
Et déjà l'on touchait au moment de partir ;
Du fond de la forêt, alors on vit sortir
Des hommes vigoureux, portant une litière
Faite de brins d'osier entrelacés de lierre ;
Sur la douce voiture, on mit les deux prélats
Plus mollement couchés que sur un matelas.
Ils se montrent heureux sur ce lit de feuillage ;
Ils sont mis tête et pieds ; on dirait une image
Des deux poissons d'hiver sous lesquels février
Apparaît tous les ans dans le calendrier.

Les hommes de Durbon, tous forts et pleins de zèle,
Se courbent sous le poids d'une charge si belle ;
Ils vont se mettre en marche avec l'intention
De pousser, jusqu'au soir, ce train d'ovation.

On se place avec ordre auprès de la litière :
Le maire est en avant, Réné marche derrière,
Les autres sont rangés sur l'un et l'autre flanc ;
Tout le long du chemin, chacun est à son rang :
Moi seul, je fais défaut, ma muse se dégoûte
De parcourir ainsi deux fois la même route.
Loin de nos pèlerins je me sauve au hasard
Et je cours brusquement les attendre à Tallard.
En me sauvant j'ai pris le parti le plus sage :
Comment passer deux fois les deux Buëch sans naufrage ?
Puis Aspres, qu'en montant j'ai pris soin d'éviter,
Sur mon passage encore allait se présenter.
Je pouvais m'y trouver dans un triste mécompte :
Ce nom au bout d'un vers m'aurait couvert de honte.

# LA TALLARDIADE.

## CHANT HUITIÈME.

Magnifique de Vars, par ton œuvre enchantée,
De nos faibles esprits tu passes la portée.
Pour les Tallardiens combien tout est changé !
Chacun est bien vêtu, chacun a bien mangé ;
Le bonheur réjouit la ville et la campagne
Et pourtant pas un sou n'est venu de Bretagne.
Que dirons-nous bientôt de leur prospérité,
Quand ils auront reçu l'immense hérédité ?

Alors viendront les jours du triomphe. Barthole,
Pour l'honneur du barreau, fermera son école ;
Et, pour primer dans Gap ou dans les environs,
Tous auront des chevaux autant que d'éperons.

Le Chartreux revenu de son pèlerinage,
Après un court repos, se remit à l'ouvrage.
Le cercle adorateur qui composait sa cour,
Toujours plus attentif, lui montrait plus d'amour ;
Et lui-même il voulut, comme pour se distraire,
Orner d'un premier don, la famille du maire ;
Il lui dit : « Le grand duc orienté par moi,
« A parlé de vos fils aux ministres du roi ;
« De ces hommes amis la faveur empressée
« Vient de leur accorder deux bourses de lycée.
« Il faut vous occuper des soins de leur départ,
« Mais laissez le trousseau, je le prends pour ma part. »

Le maire tout ému s'empressait pour répondre :
« Tant de bonté, Seigneur, a droit de me confondre. »
Mais de Vars, vivement : « Ami, n'en parlons plus,
« Trêve à des compliments entre nous superflus ;
« Quand vos fils seront grands, nous ferons davantage ;
« Nos bienfaits envers eux croîtront avec leur âge. »

Déjà des deux boursiers il a changé le nom,
L'un s'appelle Ossian et l'autre Robinson ;
Et, rehaussant en eux cet honneur romantique,
Il les fait habiller en costume classique.
Tous deux ainsi nommés, tous deux ainsi vêtus,
Bientôt, dans leur maison, ils ne se tiennent plus ;
Ils courent dans le bourg, de l'une à l'autre rue,
Flattés qu'ils sont de voir que chacun les salue ;
Et cette politesse, aisément se comprend :
On retrouve de Vars dans l'honneur qu'on leur rend.

De Vars de tout bienfait est la source féconde.
Son image est présente au cœur de tout le monde.
Dans le pays, ainsi tout conspire à ses vœux ;
Son soleil, chaque jour, se lève plus heureux.
Le grand duc dans Lyon a fait sa noble entrée,
Sa longue marche touche à la fin désirée ;
Il écrit : « Monseigneur, aux portes de Tallard,
« Je vous embrasserai, dans huit jours au plus tard. »
Ce billet fait grand bruit ; la Vanité fidèle
Sème encor dans Tallard cette bonne nouvelle.
Les bons Tallardiens, ainsi tenus contents,
Savent, de plus en plus, se créer du bon temps.
La douce confiance abonde dans leurs âmes ;
Tout allait pour le mieux. O merveille ! les femmes,
En ce temps mémorable, enfantaient sans douleur ;
Et leurs enfants naissants riaient avec bonheur.

Mais huit jours sont passés, mais la neuvième aurore
Se lève et le convoi n'arrive pas encore.
Voilà notre Tallard tristement ébahi,
Dom Raymond plus que tous affecte un grand souci,
Il a les yeux éteints ; sa bouche n'est plus fraîche.
Au sein d'un si grand deuil, arrive une dépêche ;
Le grand duc n'est pas mort, il écrit de Lyon
Qu'un ordre de son roi l'envoie en mission.
« Il me faut pour un temps délaisser mes voitures,
« Je prends à cet égard d'efficaces mesures ;
« N'en soyez point en peine. Après trois fois neuf jours,
« Je viendrai de ma route achever le long cours.
« Embrassez de nouveau l'évêque d'Amyclée ;
« Saluez de ma part l'honorable assemblée,
« Qui, quelquefois chez vous, daigne parler de moi. »
Cette imposture encor fut reçue avec foi ;
Et de Vars s'égayant, égaya tout le monde.

Là ne se borna point son astuce féconde.
« Nobles amis, dit-il, pour brillanter Tallard,
« Faisons notre profit de ces jours de retard.
« De nos réunions, l'élégance incomplète
« Me suffisait, mon âme en était satisfaite.
« Tant votre naturel est conforme à mes goûts ;
« Mais le grand duc, bientôt, arrivant parmi nous,
« Sera-t-il sans ennui, s'il ne voit que des hommes ?
« De même qu'autrefois, dans le siècle où nous sommes
« Les chevaliers français sont courtois et galants,
« Aux autels du beau sexe, ils brûlent leur encens.
« Il faut donc au plus vite enseigner à vos femmes
« L'art des sociétés et l'allure des dames.
« De ce facile éclat ornons votre pays ;
« Le grand duc quelque temps peut s'y plaire à ce prix.
« Allez, conférez-en au sein de vos familles,
« Et dimanche, amenez mères, femmes et filles;
« Bientôt elles pourront, à l'air de mon salon,
« Épurer leur langage et polir leur façon. »

Enfants de saint Bruno, vertueux solitaires
Qui vivez loin de nous, sous des règles austères,
Qui macérez vos corps en défrichant les champs,
Votre frère, à Tallard, suit d'autres errements ;
Tous les jours en festin ; et, selon l'apparence,
Dans peu nous le verrons passer maître de danse.

Le désir du Chartreux fut encor bien reçu,
Quelque scabreux que soit le plan qu'il a conçu,
Il a dit, et sa voix domine les obstacles ;
Il sait, en se jouant, enfanter des miracles.
Durant six jours entiers, le beau sexe, à Tallard,
S'occupa de toilettes et prépara le fard,
Les chapeaux à la mode et les robes nouvelles,
Les fichus, les rubans, les rabats, les dentelles

Et tous ces affiquets dont l'usage et les noms
N'étaient point jusqu'alors connus dans leurs maisons.

Le moment arriva d'aller à la soirée.
Une dame notable, élégamment parée,
N'a des yeux que pour voir ses habits élégants ;
Étant prête à partir, elle songe à ses gants ;
Ses gants qu'elle n'a pas ; et sa langue infidèle
N'en trouve pas le nom ; « Apporte-moi, dit-elle,
« Ma fille, apporte-moi ces deux petits engins,
« Cette paire, sais-tu, de souliers pour les mains. »

Cependant que la dame, avec cette chaussure,
Ornant ses belles mains, complète sa parure,
Les femmes du quartier viennent dans sa maison
Pour en partir ensemble et la suivre au salon.
En ce jour si nouveau, la troupe un peu timide
Compte sur son esprit et la choisit pour guide.
Avant que de paraître aux yeux de sa grandeur,
Leur cœur bat et leur front se couvre de pudeur ;
La plupart, en entrant, se crurent à l'église,
Tant l'éclat des flambeaux leur cause de surprise.
Plusieurs, pour se signer, allaient lever la main ;
D'autres baissent le front en se frappant le sein.
De Vars enveloppé d'une riche capote,
S'avance promptement vers la troupe dévote,
Il va les rassurer d'un noble et doux accueil ;
Leur présente sa main et leur montre un fauteuil ;
Sur un siége d'honneur, lui-même, il prend sa place ;
Leur parle avec bonté, leur sourit avec grâce,
Et l'aimable causeur fait si bien que bientôt
Les dames à leur tour osent dire leur mot.

De Vars ne tarda pas de distinguer Angelle ;
Nulle autre n'y parut aussi spirituelle ;

Il lui dit en secret : « Nos biens étant venus,
« Vous aurez un écrin estimé mille écus. »
Un tel don éblouit la jeune favorite ;
Au sortir du salon, elle courut bien vite
Informer son mari de leur bonheur prochain :
« Le Chartreux m'a promis pour mille écus de crin.
« — Ma femme, se peut-il ? oh ! vraiment tu m'enchantes :
« Nous aurions préféré des espèces sonnantes.
« Après tout, tant de crin n'est pas moins un trésor.
« Quand nous l'aurons vendu, nous en ferons de l'or. »

Le bonheur de Tallard allait croissant ; le maire,
D'un troisième garçon, dans ce temps, devint père.
Quand de Vars eut appris que l'enfant était né,
Il déclara d'abord son baptême ajourné,
Voulant que le grand duc orne cette famille
D'un reflet glorieux des honneurs dont il brille ;
Et le maire tressaille à l'honneur souverain
De donner à son fils un si noble parrain.
Alors on tint conseil pour choisir la marraine ;
Plus proche de Paris, on eût prié la reine.
Aux dames de province, il fallut s'en tenir ;
Et Gap, oui Gap obtint l'honneur de la fournir.
Surprise de son choix, la dame gapençaise
Ne dissimula pas qu'elle en était bien aise.
Elle vint à Tallard, en ce lieu fortuné,
Attendre le grand jour, auprès du nouveau-né.
Il lui semblait déjà que la gloire bretonne
Allait ceindre son front en forme de couronne.
Elle se plaît à voir ce filleul, grand ducal,
Comme un phare allumé dans son pays natal ;
D'une main délicate, elle écrit sur ses langes :
« L'an second du Chartreux, dans le temps des vendanges,
« Est né ce bel enfant ; Séraphin est son nom. »
C'est ainsi que le duc l'a nommé de Lyon.

Et puisque c'est un fils, disait-il dans sa lettre,
Nous lui ferons sentir qu'il a bien fait de naître.
Peuple Tallardien, je vous prends à témoin
De son riche avenir; vous le voyez de loin.

Cependant le grand duc revenu de message
Reprend incontinent le cours de son voyage.
La même lettre annonce et le jour du départ
Et le jour qu'on pourra l'accueillir dans Tallard.

On prépara dès lors les plus brillantes fêtes;
Tout le monde à l'envi faisait dettes sur dettes,
Tallard, séjour prochain de l'or et des grandeurs,
Trouvait jusque dans Gap de généreux prêteurs.
Ces mêmes Gapençais qui s'égayaient naguère
Sur les Tallardiens, leur morgue et leur misère,
Se glissaient sur la voie, et, par plus d'un détour,
Travaillaient en secret à gagner leur amour.
Ainsi l'événement rappelle et vérifie
De l'adjoint goguenard la piquante saillie.
Ainsi l'on doit toujours, selon l'adage ancien,
Compter sur ses amis en raison de son bien.

Mais la grande journée est enfin arrivée.
Brillante de rubis, l'aurore s'est levée,
Les doux zéphirs, portés sur l'aile du matin,
Annoncent à la terre un jour pur et serein.
« Oh! qui racontera chez les races futures,
« Du beau jour qui nous luit, les grandes aventures?
« Qui pourra leur montrer les hommages profonds?
« Qui leur dira l'amour dont nous t'environnons,
« O glorieux de Vars, l'astre de nos campagnes?
« Campagnes, tressaillez; tressaillez, ô montagnes!
« Échos, répondez-nous; le grand duc va venir;
« D'un peuple émerveillé proclamez le plaisir.

» Au bruit des chariots qui portent sa richesse,
«. Collines et vallons, bondissez d'allégresse.
« Que tout parle aujourd'hui de joie et de grandeur.
« Ce jour va de Tallard confirmer la splendeur ;
« Il va renouveler la face de la terre ;
« Les hommes désormais ne feront plus la guerre ;
« Les serpents, sans venin, sous leurs souples anneaux,
« Couveront tendrement les petits des oiseaux ;
« Le loup, devenu bon, gardera la chevrette ;
« Le corbeau chantera du chant de la fauvette ;
« Les torrents destructeurs, changés en doux ruisseaux,
« Dans nos prés tout fleuris, promèneront leurs eaux.
« Devenus plus féconds, et nos champs et nos vignes
» Produiront, sans travail, des récoltes insignes.
» Alors nous jouirons d'un éternel printemps,
« Et nous vivrons heureux au delà de cent ans. »

Ainsi, près du bonheur que le sort leur envoie,
Tous les Tallardiens s'excitent à la joie.
On avait bravement, en ces jours de salut,
Monté le fauconneau sur un énorme affût ;
On lavait les pavés aux flots d'une onde pure ;
Les murs sont tapissés de fleurs et de verdure.
Le notaire Denis, aux portes du château,
Va lui-même arborer l'antique panonceau.
Tout le monde est sur pied, et le maire compose,
Pour louer le grand duc, un beau sonnet en prose.
Les deux nobles cousins, au comble des honneurs,
Promènent dans Tallard l'éclat de leurs grandeurs.
Tous deux vêtus de soie, en longue houppelande,
Tous deux ont une écharpe où pend une guirlande.
Le curé du pied droit étant un peu boiteux,
Pour marcher comme lui, l'admirable Chartreux,
Sur le même côté, se dandine avec grâce.
Sortis dès le matin, après leur messe basse,

Les prélats à midi n'avaient pas déjeuné ;
Et voilà qu'on leur vint annoncer le dîné.
Eux deux n'y pensaient pas ; tant les soins de la fête
Absorbaient leur pensée et remplissaient leur tête !
Le concours fut nombreux dans la salle à manger.
L'appétit était grand, le repos fut léger ;
Le Chartreux remontra qu'une courte abstinence
Trouverait au souper une ample récompense ;
Que le maître d'hôtel ne pouvait pas avoir
Trop de mets à servir au grand festin du soir.

Mais le peuple est déjà répandu sur la route ,
Il vient, il va, revient, il regarde, il écoute.
Enfin de Vars montant au plus haut du rempart,
Dans le creux d'un long tube, enferme son regard ;
Et tourné vers le nord, plonge autant que la vue,
Sur la route de Gap, découvre d'étendue.
Dans ce lointain, il voit quelque chose de bleu :
« Serait-ce le cordon porté par son neveu ? »
Après lui le curé, saisissant la lunette,
Regarde, et d'un cheval il aperçoit la tête ;
Puis il regarde encore et s'écrie aussitôt :
« Je vois tout le cheval, il traîne un chariot. »
Alors le fauconneau, le tambour et la cloche
Donnent le grand signal du convoi qui s'approche ;
Et le peuple répond par de longues clameurs.
Un doux saisissement passe dans tous les cœurs.
Les parents, les amis se recherchent l'un l'autre ,
S'embrassent, en criant : « Quel bonheur est le nôtre ! »
Et, pour crier comme eux, un enfant de trois mois
Parla, dit-on, alors pour la première fois.

O fatale berlue ! ô lunette fautive !
Le jour allait finir et personne n'arrive ;
On perdait l'espérance.... En cette extrémité

De Vars eut un moment de grande anxiété.
Ses amis sont muets et le peuple murmure.
Alors il s'écria : « J'atteste l'Ecriture ;
« Si votre foi pesait un grain de sénevé
« Le trésor tout entier nous serait arrivé.
« Race de mécréants, mon âme se resserre,
« Éloignez-vous de moi, sortez de cette terre. »
Le fourbe, à ces grands mots, imprima tant de son
Qu'il produisit chez tous un pénible frisson.

On entra dans la ville et l'on se mit à table ;
Et le plus grand festin fut le moins agréable.
Le grand duc y manqua ; ce désappointement
Laissa dans tous les cœurs un triste sédiment
Qui tua du matin le bel enthousiasme.
De Vars même éprouva des mouvements de spasme ;
Et de ce grand souper tous sortirent sans bruit.
Mais plus tard il apprit, par un courrier de nuit,
Que le convoi passant sur un sol plein de boue,
On avait disloqué les jantes d'une roue ;
Et le grand duc exprime, aux seigneurs de Tallard,
Un extrême regret pour huit jours de retard.
Huit jours et rien de plus, cette date est certaine.

De Vars voulait ainsi gagner une semaine ;
Peut-être espérait-il, à travers ces huit jours,
De quelque stratagème inventer le secours,
Et, sur un autre plan, restaurer sa carrière.
Mais du dernier renvoi l'excuse était grossière.
Cette roue embourbée éveilla le soupçon ;
Ce sublime de Vars serait-il un gascon ?
On craint, et, de l'avis de son conseil, le maire,
Pour aller sur les lieux, fit choix d'un commissaire

Cette sage mesure apaisa les esprits ;

Et l'étonnant Chartreux n'en fut point entrepris ;
Lui-même il intervint d'une grande assurance,
Donnant au député ses lettres de créance.
« Soyez fier, lui dit-il, car vous allez dans peu
« Saluer, le premier, mon illustre neveu.
« Alors pressez sa marche et faites-lui comprendre
« Tout le mal qu'il me fait en me faisant attendre ;
« S'il a dû s'arrêter pour les ordres du roi,
» Il convient maintenant qu'il se hâte pour moi. »

Ces mots firent cesser toute espèce de doute.
Le joyeux député, Montval, se mit en route ;
Il va fidèlement remplir sa mission,
De relais en relais, il arrive à Lyon;
Et voilà qu'il parcourt la ville tout entière,
Il explora surtout Vaise et la Guillotière,
Cherchant dans les hôtels le grand duc neustrien :
Il eut beau s'enquérir, personne n'en sut rien.

Il revint à Tallard ; et chacun a pu lire,
Sur son front attristé, ce qu'il avait à dire.

Déjà prenant tout seul conseil de son esprit,
Au juge de Quimper, le juge avait écrit;
Et, dans le même temps, il reçut la réponse.
Ainsi tout à la fois, par une double annonce,
L'impudent histrion se trouva démasqué.
Tout fut publiquement, à sa honte, expliqué;
Il resta convaincu de fraude et de mensonge.
La grandeur de Tallard ne fut plus qu'un vain songe :
En perdant le grand duc et tant de biens promis,
Ce bon peuple perdit sa gloire et ses amis.
La débâcle emporta la marraine elle-même ;
Et peut-être l'enfant est resté sans baptême.
La Vanité rentra dans la nuit du donjon.

Dom Raymond fut un astre éteint sur l'horizon ;
Il s'évada, laissant, pour prix de tant de fêtes,
Le maire et son cousin héritiers de ses dettes.

# NOTES,

## CORRECTIONS ET PIÈCES JUSTIFICATIVES

## DE LA TALLARDIADE.

### PRÉFACE. *Page 55.*

Il y a lieu de retrancher le troisième alinéa de cette page, attendu que le cinquième chant ayant été refait après coup, ne contient plus l'allusion dont il était parlé.

### DÉDICACE. *Page 59.*

Cette nouvelle édition est encore dédiée à M. le baron de Ladoucette, ancien Préfet des Hautes-Alpes, quoiqu'il ait cessé de vivre depuis quelques années, parce qu'il est toujours glorieux, juste, équitable et salutaire d'honorer la mémoire des hommes publics qui ont bien mérité du pays.

### CHANT PREMIER. *Page 68, vers 11.*

« Enfin, plus près de vous dirigeant mon voyage,

Au lieu de ce vers et des cinq suivants, lisez :

« Enfin, pour accomplir un vœu de mon jeune âge,
« J'ai, sur les monts de Vars, fait un pèlerinage.

10

« Là, parmi les chalets d'un paisible hameau,
« J'ai pu, de ma famille, honorer le berceau.
« Le premier, de mon nom, Paul Reymond, mon ancêtre,
« Devint grand à Quimper et Vars l'avait vu naître. »

### Page 69, vers 25.

Tel jadis se trouva Robert de Normandie.

Robert, duc de Normandie, fut un des héros les plus distingués de la première Croisade. Après la prise de Jérusalem, on le mit au rang de ceux qui pouvaient aspirer à la couronne. Mais il s'y refusa. Quand il fut de retour dans ses Etats, il vécut dans la dissolution, entouré d'histrions et de courtisanes, et il tomba dans la misère et dans le dénûment de toutes choses.

### Page 71, vers 19.

Cependant Marion, par qui le presbytère.

La servante du curé qui doit jouer un certain rôle dans ce poëme, ne pouvait manquer d'être mise en scène dès le premier chant.

Un homme fort grave, qui avait passé quelque temps à Tallard à l'époque du Chartreux, m'a dit autrefois les paroles suivantes : « Je suis convaincu que le Chartreux n'aurait pas inventé sa fable « si la servante du curé ne s'était pas avisée d'amoindrir les repas « et de se plaindre du surcroît de dépense occasionné par sa trop « longue visite. »

### CHANT DEUXIÈME.

Ce chant a été plus difficile à faire, parce qu'il est pris tout entier en dehors des faits et gestes du Chartreux. C'est une création où tout aussi a été fait de rien. Car qu'était-ce que quelques vieux contes rapportés par une tradition vague, triviale et bouffonne, en comparaison des choses grandes et sérieuses qu'il fallait mettre dans la bouche de l'orateur Denis? J'ai donné un soin particulier à cette composition et mes amis en ont été satisfaits. Cependant, quiconque voudra compléter ses études sur Tallard ne doit pas s'en tenir là. Il faut lire les lettres publiées dans l'*Histoire de Gap;*

elles contiennent des détails curieux relatifs à Tallard. Dans la troisième de ces lettres, se trouve aussi un discours sur *cette superbe bicoque*, qui va plus loin que tout ce que j'en dis moi-même.

*Page 74, vers 29.*

## On y fonda d'abord un parlement fameux.

Tallard possédait, avant la révolution, un petit bailliage que les habitants de Gap avaient nommé le Parlement vineux. Il serait long de raconter toutes les plaisanteries qu'on a imaginées concernant cette petite judicature. On allait jusqu'à dire que le parlement de Tallard cassait bravement les arrêts de la Cour de Grenoble, quand tel était son plaisir.

*Page 75, vers 17.*

## Ainsi nous appelons le glorieux hospice,
## Qu'habita parmi nous saint Grégoire d'Amnice.

Une vie du bienheureux Grégoire, Evêque d'Amnice, en Arménie, et patron titulaire de Tallard, par l'abbé Nicolet, a été publiée dans les Hautes-Alpes, en même temps que la deuxième édition de la Tallardiade. Cette coïncidence me parut d'abord purement fortuite.

Mais bientôt j'en reçus un exemplaire par les soins de M. le Curé de Tallard. Cette courtoisie éveilla mon attention, et j'y voulus répondre par une autre courtoisie, c'est-à-dire en insérant dans une nouvelle édition quelques vers de plus sur l'évêché de Tallard, et en rejetant sur Gap la *lèpre du péché*.

*Page 76, vers 5.*

## Eh! qui n'a pas vanté le château de Tallard?

L'auteur des lettres sur Gap en fait la description suivante : « Ce « château si vénéré à vingt lieues à la ronde, qui comptait autant « de marches dans ses tortueux escaliers que l'année compte d'heu-« res ; autant de fenêtres qu'elle compte de jours ; autant de portes « qu'elle compte de semaines ; autant de tours qu'elle compte de « mois, fut brûlé vif le 11 septembre 1692, par Victor Amédée, duc « de Savoie. »

*Page 78, vers 16.*

## Un fait qu'on redira jusqu'aux âges futurs.

Le fait auquel l'auteur a voulu faire allusion est raconté de la manière suivante : Quelques jeunes gens de Gap se rendirent à Tallard le jour de la fête patronale de ce lieu, et mus par l'esprit de rivalité existant entre les deux peuples, et sans doute encore par quelque circonstance accidentelle, ils eurent la témérité de tirer un coup de fusil sur l'effigie de saint Grégoire, que l'on portait processionnellement dans le bourg. Aussitôt ils prirent la fuite, et ne durent leur salut qu'à la vitesse de leurs jambes ; mais les gens de Tallard ne s'en tinrent pas là ; ils informèrent contre les auteurs de l'attentat, plaidèrent vivement pour les faire punir ; et l'on se souvient encore à Gap des conclusions prises par les Tallardiens ; dans le cours de leur plaidoyer, il avait été souvent question de l'outrage fait à Dieu et à saint Grégoire ; ils disaient donc : Par ces motifs, nous concluons à ce que les prévenus soient condamnés aux peines de droit, *pour avoir insulté notre seigneur saint Grégoire et ledit Dieu.*

*Page 81, vers 5.*

## Toutefois je tairais ce fameux Maréchal.

La célèbre bataille d'Hochstedt a été perdue par le Maréchal de Tallard, le 13 août 1704. L'armée entière y fut presque entièrement détruite. Ce Maréchal y fut blessé et fait prisonnier ; mais l'histoire, plus juste et moins dédaigneuse que l'orateur Denis, n'a garde d'en parler sur le même ton. Elle le représente au contraire comme un homme d'esprit et de cœur, malgré la défaite de cette fatale journée.

*Page 81, vers 15.*

## Majestueux débris que la mousse recouvre.
## Sous une voûte obscure, au donjon de ce Louvre,
## Habite un vieux génie, une divinité,
## Que les méchants de Gap nomment la Vanité.

M. l'abbé Pellegrin, de Ribiers, homme d'esprit et de goût, me disait un jour : « Votre Tallardiade m'a beaucoup amusé ; mais je

vous félicite particulièrement sur l'idée que vous avez eue de placer
la demeure de la Vanité dans le château de Tallard. » M. de Ladoucette, en parlant de l'abbé Pellegrin, a dit :

« Il écrivait avec un naturel inimitable; plusieurs de ses lettres
« sont de véritables chefs-d'œuvre, tant pour les idées que pour
« la manière de les exprimer. »

## CHANT TROISIÈME.

Ce chant est celui où se fait l'ouverture de la correspondance
entre Quimper et Tallard. Je dois avertir ici que je me suis permis
une petite licence : au lieu d'une cousine que le Chartreux s'est
donnée pour parente, je les rapproche d'un degré, en lui substituant
une tante. Cette substitution m'a paru propre à justifier davantage
la grande affection d'une personne qui va donner tant de bien à son
parent.

D'ailleurs, le mot tante m'a paru moins prosaïque que celui de
cousine.

Tante ou cousine, la dame bretonne entre pour peu dans la correspondance. C'est le comte de Coëtlosquet de Kerlorec qui en fait
les plus grands frais. On voit que le Chartreux, en qui les idées
de grandeur dominent toujours, n'a pas choisi son correspondant
dans la classe plébéienne. M. de Kerlorec est aussi son neveu.

Une seule lettre datée du 18 janvier 1817, est écrite au nom de
la dame, qui sent que sa fin approche et qui en parle avec résigna-
tion et avec des sentiments de grande piété. Le 31 du même mois,
le comte de Kerlorec a la douleur d'annoncer la fatale nouvelle,
non au Chartreux, son oncle, mais au curé de Tallard, choisi pour
le préparer à cette cruelle annonce et pour essuyer ses premières
larmes.

Les lettres de cette correspondance, datées de Quimper ou d'autres lieux, ne sont timbrées d'aucun bureau de poste. Il est vrai
que M. de Kerlorec avait d'abord appris à son oncle qu'il avait le
moyen de faire parvenir ses lettres en franchise à la grande Chartreuse sous le couvert de la préfecture. On peut donc dire : Va bien
jusque-là. Mais comment faisait-on depuis la Chartreuse jusqu'à
Tallard ? On l'ignore. Le Chartreux ne l'a pas dit. Quoi qu'il en soit,
il faut penser que sa manière était bonne, puisque la confiance des
Tallardiens fut toujours pleine et entière jusqu'au jour du dénoûment.

CHANT QUATRIÈME. *Page 96 , vers 30 et 31.*

Avant le jour marqué, d'une façon civile,
Il eut soin d'inviter les dames de la ville.

Voici la fidèle copie du billet d'invitation remis alors à Mme de
Vercors, épouse de M. de Vercors, adjoint à la mairie de Tallard :
« Nous prions Mme de Vercors de nous faire l'honneur d'assister
« au service solennel qui aura lieu, dans l'église de cette paroisse,
« vendredi prochain, 7 du courant, à 11 heures du matin, pour le
« repos de l'âme de demoiselle Suzanne-Caroline de RAYMOND DE
« VARS, notre parente. »
         Signé RAYMOND , curé; RAYMOND DE VARS , Ptre-Cx.
Tallard, 5 mars 1817.

### Page 100, vers 1.

Il lit : « De Kerlorec, grand Duc et cordon bleu.

Dans l'histoire du Chartreux, à Tallard, tout doit aller en pro-
gressant. Comme dom Raymond et son cousin vont bientôt devenir
*Evéques*, il est rationnel que le comte de Kerlorec soit aussi promu
à de nouvelles dignités.

CHANT CINQUIÈME. *Page 109, vers 13 et 14.*

« Et tel, par son babil, étonne notre esprit,
« Qui n'a plus aucun sens au moment qu'il écrit.

Au lieu de ces deux vers, faibles et décolorés, lisez :

Tel autre va de loin vous paraître important,
Qui, reconnu de près, n'est qu'un bâton flottant.

Ces deux nouveaux vers ont au moins le mérite de rappeler une
fable de La Fontaine.

### Page 109, vers 25.

Leur évêque avec eux, Gabriel de Clermont.

Gabriel de Clermont, fils de Bernardin de Clermont, vicomte de Tallard, et d'Anne de Husson, fut fait évêque de Gap en 1526 ; mais n'ayant pas été ferme dans la foi, il fut déposé en 1569.


## CHANT SIXIÈME.

Ce chant s'ouvre par une invocation à Boileau ; je devais cet hommage à l'auteur du Lutrin, qui m'avait inspiré *le Banc des Officiers*, et qui, tant de fois, a charmé les loisirs de ma vie.

Le Lutrin est le seul poëme épique que nous ayons en français, puisqu'il est le seul qu'on puisse lire ; mais il faut croire que c'est moins la faute des poëtes que celle de la langue. J'ai dit quelquefois, et je crois toujours que si le Télémaque était écrit en vers, personne ne le lirait tout entier.

Le chef-d'œuvre de Boileau n'est pourtant pas, selon moi, à l'abri de tout reproche. Au milieu de l'admiration due à tant de beaux vers et à tant d'idées ingénieuses et piquantes, j'ose blâmer l'épisode du perruquier l'Amour, et d'Anne sa perruquière, qui se disent des choses peu décentes, et dénuées d'intérêt. C'est une mauvaise parodie, ou plutôt une profanation sacrilége du quatrième livre de l'Enéide, si cher à tous les littérateurs, et qui, dit-on, avait coûté des larmes à saint Augustin.

D'ailleurs, est-ce un barbier qu'il convenait de prendre pour raccommoder un vieux pupitre ? Si du moins il reparaissait dans le poëme, ne fût-ce que pour faire une fois la barbe du Prélat.

Comme aussi je trouve défectueuse l'ordonnance du poëme, en ce que le parti du Prélat et celui du chantre ne sont pas nettement dessinés. C'est un pêle-mêle un peu confus. La Harpe a bien dit en parlant du Lutrin, que c'était une guerre entre les chantres et les chanoines ; mais il se trouve que le gros Evrard et d'autres chanoines sont les champions du chantre.


### *Page 115, vers 24.*

A chaque éternument, d'un ensemble parfait,

Avant ce vers qui a été imprimé sans correspondant, lisez :

A chaque éternument, ce fut même souhait ;
Et non moins empressé, d'un ensemble parfait,

*Page 117, vers 12.*

Monseigneur, calmez-vous ; si veut notre bon roi.

M. de Kerlorec , dans sa lettre du 2 août 1817, datée de Moulins , s'exprime ainsi : « Le Roi a mis le comble à ses bontés en
« me donnant toute latitude possible , et surtout en me rendant
« dépositaire de tout ce qui vous regarde , à quoi M. votre cousin
« aura sa bonne part. »

Ces mots faisaient espérer quelque faveur nouvelle ; car il faut
remarquer que déjà il avait informé les deux cousins de leur nomination au chapitre de Saint-Denis.

Leur attente ne fut pas trompée : dès le 17 du même mois d'août,
il leur écrit encore de Moulins , et il termine sa lettre en ces termes :

« Les évêques *in partibus* seront reconnus après l'installation
« des autres. Adieu , Monseigneur l'évêque de Bethléem ; adieu ,
« Monseigneur le nouvel évêque d'Amiclée ; je salue vos Grandeurs
« et vous demande vos bénédictions. »

« *P. S.* Je ne suis pas moins peiné que vous n'ayez accepté l'é-
« vêché de Gap ni l'un ni l'autre. »

« J'espère être à Gap le lundi 2 septembre. »


CHANT SEPTIÈME. *Page 128, vers 29.*

Le troisième est créé vicomte de Fouillouse.

Après ce vers imprimé sans correspondant , lisez :

Son fils, nommé baron, passe à la Freissinouse.


CHANT HUITIÈME. *Page 137, vers 9 et 10.*

« Ma fille, apporte-moi ces deux petits engins,
« Cette paire, sais-tu, de souliers pour les mains.

On raconte à Gap, qu'un jour un notaire , assisté d'experts-
priseurs, faisait un inventaire à Tallard, et qu'ayant trouvé une
paire de gants parmi les effets de la succession , aucun d'eux ne sut
le nom de ce meuble extraordinaire ; et qu'après bien des incerti-

tudes, le notaire se tira d'embarras, en s'exprimant ainsi : « Plus,
« nous avons trouvé *une paire de souliers pour les mains*, éva-
« luée à.....

*Page 158, vers 13 et 14.*

Quand de Vars eut appris que l'enfant était né,
Il déclara d'abord son baptême ajourné.

De toutes les jongleries du Chartreux, celle du baptême d'un fils
du Maire est la plus impudente et la moins excusable. Où en était
la tête de cet homme, lorsqu'il osa faire proposer à une dame très-
respectable de la ville de Gap, de venir à Tallard, à l'effet d'être
marraine de l'enfant, avec un parrain qui ne pouvait pas venir? Elle
essuya l'affront d'attendre pendant plusieurs jours dans une maison
qui n'était pas la sienne, et de s'en aller ensuite comme la plus
grande dupe du charlatan breton.

Le grand duc, pourtant, avait été bien informé, car il en parle
dans sa lettre du 16 septembre 1817, datée de Lyon.

« Tout est prêt, dit-il, pour l'intéressant baptême pour lequel il
« me tarde aussi de me rendre, craignant d'abuser de la complai-
« sance de vos amis, que je vous prie de saluer comme tels de ma
« part.

« Je désire que l'enfant soit un garçon, quoique je ne tienne pas
« moins volontiers une fille sur les fonts baptismaux : tout ce qui
« vous est cher me devient intéressant.

« Je fais broder, à Lyon, mon crachat. J'espère, Messeigneurs,
« que vous n'attendrez par non plus après vos croix d'or. »

*Page 142, vers 29 et suivants.*

Ce sublime de Vars serait-il un gascon?
On craint; et de l'avis de son conseil, le maire,
Pour aller sur les lieux, fit choix d'un commissaire.

Cette mesure fut encore prise de concert avec le Chartreux, qui
persistait à soutenir la vérité de ses promesses ; il remit lui-même
à l'exprès qu'on fit partir, une lettre conçue en ces termes :

Tallard, le 9 octobre 1817.

« Je succombe, mon cher neveu, sous le poids de la calomnie.

« On ne se contente pas de publier et d'écrire que votre voyage et ma
« succession sont autant de fables. On me fait passer pour un hom-
« me qui lève le pied avec une somme considérable, empruntée à
« divers particuliers de ces contrées. Un voyage de trois jours fait
« à Embrun, a suffi pour qu'on fît courir le bruit que j'étais passé
« dans le Piémont. Vous n'êtes pas plus ménagé que moi, puisqu'on
« m'assure que voilà le quatrième héritage que vous mangez.

« Tout ceci n'est encore rien auprès de ce que j'ai à vous mar-
« quer. On fait circuler une ou plutôt trois lettres, où, après y
« avoir consigné plusieurs atrocités, on finit par remarquer que je
« ne suis pas prêtre. D'après ce détail, il ne me reste de force que
« pour vous supplier, si vous m'aimez, ou plutôt si vous aimez ma
« réputation et mon honneur, de prendre sur-le-champ la poste et
« de vous rendre à Tallard ; votre présence dissipera tout, comme
« l'astre brillant de la lumière dissipe les nuages les plus épais : le
« moindre délai me plongera dans la tombe, avili et déshonoré.

« Tout à vous. *Signé* RAYMOND DE VARS »

Le Chartreux remit en même temps, au porteur de la lettre, le
billet suivant :

« Le conducteur des voitures de M. Raymond, envoyé par M. le
« Duc de Coëtlosquet-de-Kerloree, voudra bien faire partir en avant
« ses chevaux pour Tallard. »

—➤◅◑◓◓◖◄—

# LETTRE

### Du Chartreux dom Raymond de Vars

A l'Auteur de la *Tallardiade.*

MONSIEUR,

Une lettre de ma part vous étonnera sans doute autant que m'a
surpris l'annonce du poëme que vous composez contre moi.

Quoique je n'aie pas l'honneur d'être connu de vous personnelle-
ment, et que nous n'ayons jamais eu aucun rapport ensemble, je
ne viens point me plaindre de ce que, sans aucun motif, vous venez,

au bout d'un an, remettre sous les yeux du public, une conduite dont j'expie chaque jour les écarts dans les larmes du repentir.

Vous répondrez sans doute que ce sont les intérêts de la société que vous prenez en main ; qu'il est juste de la venger d'avoir trompé sa confiance, et d'avoir abusé de la bonne foi de personnes respectables. Sous ce double motif, je n'ai rien à répondre : je ne puis que gémir et me taire. Quant à moi, vous ne pouvez me traiter qu'avec trop d'indulgence.

Mais, Monsieur, par quelle fatalité se trouve-t-il donc que ces mêmes personnes dont la crédulité fait tout leur crime et le sujet de mes cuisants et éternels remords, deviennent l'objet de vos plaisanteries, et que vous les exposiez aux sarcasmes de tout un pays ?

Ah ! Monsieur, je ne saurais trop le répéter : moi seul, je suis coupable. Que contre moi seul aussi, tous vos traits soient dirigés ! Je n'ignore pas avec quelle adresse vous maniez les armes trop attrayantes, mais aussi trop meurtrières du ridicule ; mais au moins qu'elles n'atteignent que celui qui s'en est couvert, et que l'innocence en soit exempte !

Ma plus vive douleur est que vous ne puissiez me rappeler aux yeux du public, dont je faisais, dans ma retraite, tous mes efforts pour me faire oublier, sans renouveler le scandale que j'ai donné, sans rouvrir les plaies non encore cicatrisées du corps respectable auquel j'appartiens, corps qui n'a jamais eu d'autre reproche à se faire, que de m'avoir reçu dans son sein.

Daignez, Monsieur, peser, dans votre sagesse, toutes ces considérations, et principalement la dernière. Si elles n'ont point assez de force pour vous détourner du plan que vous paraissez avoir adopté, je vous en conjure, que tout le fiel que doit distiller votre plume, soit entièrement dirigé contre moi : que ne peut-elle être trempée dans mon sang, pour exprimer mes regrets et mon repentir !

J'ai l'honneur de vous saluer.

RAYMOND DE VARS,
*Prêtre Chartreux.*

La Faurie, le 17 octobre 1818.


FIN DE LA TALLARDIADE.

# LES VOGUES

# DU CHAMPSAUR.

### POËME

EN QUATRE CHANTS.

# À M. Davin,

*Ancien membre du Conseil général des Hautes-Alpes,*
*Maire de Chabottes.*

MON COUSIN,

Ne soyez pas surpris de ce que je vous dédie les *Vogues du Champ-saur.* Ce petit poëme a eu, dès le principe, des relations intimes avec votre maison, il m'est agréable d'en rappeler le souvenir. Voici comment les choses se sont passées :

Le 8 septembre 1841, jour de notre fête patronale de Chabottes, j'étais, selon ma coutume, au nombre de vos convives. Parmi nous se trouvait un honorable capitaine en retraite, étranger à notre Champsaur. Durant le dîner, qui fut très-gai, la conversation tomba sur les anciennes vogues de notre pays ; et, pour ma part, je m'amusai un peu à brillanter mon récit, en parlant, devant un militaire, des batailles qui se livraient fréquemment à cette occasion ; j'exaltai particulièrement celle livrée autrefois, à pareil jour, entre la population de Chabottes et la jeunesse de Saint-Laurent-du-Cros, qui était venue en grand nombre pour emporter le violon et les rubans de la vogue, c'est-à-dire, l'honneur du pays.

L'officier étranger à qui on avait dit sans doute que je faisais quelquefois des vers, me dit en souriant : « Voilà, Monsieur, un beau sujet de poëme. Vous devez en faire votre profit. »

Je me souviens peu de la réponse que je lui fis ; je sais seulement que je saisis cette idée comme la balle au bond ; dès ce temps , je mis la main à l'œuvre.

Ce n'est pas tout : quelque temps après , mon poëme étant terminé, un jour vous me fîtes dire de descendre chez vous et de porter quelques-unes de mes poésies, parce qu'un amateur, venu de Gap, s'y trouverait et qu'il désirait faire connaissance avec moi et avec mes derniers vers.

Je me rendis à votre invitation, et je me trouvai avec un jeune professeur du collége de Gap, né aux environs de Grenoble, aimable et instruit comme on l'est généralement dans ce beau pays.

Je lus , en sa présence et en la vôtre , quelques morceaux du poëme des *Vogues* que personne ne connaissait encore ; et tous deux vous voulûtes bien m'honorer plus d'une fois d'un sourire flatteur.

C'est ainsi que j'ai pu dire que mon poëme des *Vogues* a été conçu dans votre maison et qu'il y a été baptisé. Voilà aussi pourquoi vous ne sauriez vous dispenser d'en agréer la dédicace.

Vous qui savez dans quel esprit ce petit ouvrage a été composé, vous ne serez pas de ceux qui ont pris dans le sérieux les reproches adressés, dans le premier chant , aux prêtres de nos jours, parce qu'ils ont interdit la danse aux personnes du sexe et qu'ils ont organisé les filles de leurs paroisses en congrégations religieuses. C'est à mon avis une très-sage institution dont notre diocèse a été redevable à un prélat aussi éminent en science qu'en vertu : au premier des évêques modernes de Gap. J'ai été surtout confirmé dans cette opinion un jour que j'allai voir avec vous un de ces bals avortons qu'on forme aujourd'hui, et où je ne vis et n'entendis que choses très-inconvenantes. Les femmes honnêtes doivent être tenues loin de toute réunion où la décence ne règne pas.

Nos mœurs publiques ont totalement changé à compter des dix années qui ont terminé le siècle dernier. Nous ne sommes plus au temps où le bon curé de Chaillol, le jour de la vogue, pouvait venir, sans conséquence, après son dîner , passer une demi-heure au bal du village et discerner judicieusement avec d'autres spectateurs, les jeunes personnes qui dansaient bien , de celles qui manquaient à la mesure. Après quoi, il s'en allait à l'église chanter les vêpres ; *e sempre bene.*

# LES VOGUES

## DU CHAMPSAUR.

## CHANT PREMIER.

Au déclin de mes ans, je veux chanter encor;
Je dois un souvenir aux vogues du Champsaur,
Et je prétends venger ces fêtes solennelles
De tant de faux griefs articulés contre elles.
Puissé-je, en m'efforçant du geste et de la voix,
Ramener mon pays à ses mœurs d'autrefois !
Je serais réjoui de voir chaque village
Honorer son Patron selon l'ancien usage.

Quand, d'un pied si léger, d'un front si jovial,
Et filles et garçons, tous dansaient dans un bal.

Jours de joie et d'amour, de festins et de gloire !
Cet âge d'or souvent revient à ma mémoire.
Muse, fais résonner ta clameur de haro
Sur les ordonnateurs d'un régime nouveau
Où le beau sexe, en masse, exclu de toute joie,
A tristement cessé de marcher dans sa voie.
Les jeunes filles sont, comme les fleurs des champs,
Avides d'aspirer les zéphyrs du printemps.
Pourquoi les en priver ? Faut-il, pour être honnête,
Qu'une femme aujourd'hui se fasse anachorète ?

Nos Curés d'autrefois voulaient le bien aussi.
Cependant aucun d'eux ne se fit un souci
D'abolir la gaîté, d'incriminer la danse ;
Quelquefois on dansa non loin de leur présence.
J'atteste, sur ce point, l'honorable Gournier
Qui portait un cœur bon, sous un visage altier.
Jamais durant le cours de son long ministère,
Aux bals de Saint-Bonnet se montra-t-il contraire ?
Au poste de Saint-Jean, le grand prieur Milon
S'était acquis un vaste et glorieux renom.
On vantait son savoir ; et, selon la légende,
Il laissait aux danseurs une liberté grande.
Durant le même temps, le grave Pellegrin,
Avec autorité, gouvernait Saint-Juillen,
Sans y rien enseigner qui nuisit à la vogue.
Il laissait à vau-l'eau couler cette pirogue.
A Chabottes Peauroy, Bertrand à Saint-Laurent,
Ne troublèrent point l'eau qui suivait son courant.
Quels prêtres! Chacun d'eux pouvait dans la balance
Contre plusieurs quintaux mettre sa corpulence ;
Il n'est pas dit pourtant que ces hommes de poids,

Contre nos bals publics, aient élevé la voix.
Toujours de nos pasteurs l'indulgence plénière
De son voile de paix couvrit cette matière ;
Que vont-ils donc répondre, au jour du jugement,
Devant nos jeunes clercs qui pensent autrement ?
Quel sort leur fera-t-on ? Si Dieu ne les protége,
Ils seront renvoyés sur les bancs du collége.

Et puis ce cri de joie, inné dans nos hameaux,
Qui de tout temps a fait retentir nos échos,
Par quel travers d'esprit en fait-on un scandale ?
Comment ce cri peut-il offenser la morale ?
Un son vide de sens, dont ma voix frappe l'air,
Serait mis à ma charge, au profit de l'enfer !
Un prêtre vénérable, ami de notre enfance,
Ne s'était pas créé ce cas de conscience.
Bon Richard, les éclats de ta voix de Stentor
Emurent plusieurs fois les rochers du Champsaur.
C'était pendant la nuit, lorsque changeant de gîte,
De tes persécuteurs tu trompais la poursuite.
Mais ce cri *d'ioufoufou,* Gattel et Vaugelas,
Quoique proches de nous, ne le nommèrent pas.
C'est un mot à créer. Ainsi je vais moi-même,
De mon autorité, lui donner le baptême,
Et, selon mon besoin, j'userai librement
Et du verbe *hucher*, et du nom *huchement.*

Notre calendrier, dans le cours de l'année,
Marquait à chaque lieu sa brillante journée ;
Même pour quelques-uns c'était deux fois par an.
Le bruyant Saint-Bonnet célébrait la Saint-Jean,
Le martyr du dix août fut le patron d'Orcière ;
Laye et Chaillol en juin choisirent la Saint-Pierre ;
La Saint-Barthélemy réjouissait Buissard.
Mon esprit s'en étonne : Emule de Tallard,

Chantaussel, un hameau, s'était donné la gloire
De consacrer sa vogue au grand nom de Grégoire.
On loue encor deux saints, voisins plutôt qu'amis :
Saint Just à Saint-Laurent, au Forest saint Louis.
Malheur à deux endroits! la saison hivernale
Amortit tristement leur fête patronale.
Saint Vincent en janvier tombe à Champoléon ;
Et, dans le même temps, saint Paul à Pisançon.

Mais craignant de rimer dans un style barbare,
Je m'arrête au quinze août en saluant La Fare.
De tous les bals connus c'est ici le plus grand.
Il surpassait Chabolte, Ancelle et Saint-Laurent.
Mais, comme je l'ai dit, il faut que je m'arrête.
Je n'entends pas nommer chaque lieu, chaque fête.
Je pourrais cependant aborder sans danger
Le riant Saint-Firmin, l'hivernal Saint-Léger.
D'autres lieux, d'autres saints, d'un nom assez sonore,
Poligny, le Noyer, me conviendraient encore.
Mais de là si j'allais tomber sur Pouillardenc,
Pour me sauver, à peine aurais-je Combardenc.
Que faire de Saint-Roch, d'Aspres et de Jaint-Jacques ?
A quel rhythme plier le dur nom des Baraques ?
Du moins à Saint-Eusèbe, au centre du pays,
Je peux me reposer ; je suis chez des amis.
Là se trouve l'honneur, la raison, la décence ;
Exempts d'ambition, ils vivent dans l'aisance.
Quand j'arrive chez eux, je me sens égayé
Et j'use largement des droits de l'amitié.
O Victor ! en partant, c'est toi que je salue.
Donnons à nos vieux jours une heureuse étendue.
Mieux que moi, tu le peux, évite le chagrin ;
Honore le vin pur.... Que si ton médecin,
Grand docteur, à ce culte allait dire anathème,
Dînez ensemble, et fais qu'il se grise lui-même.

Pour avoir longue vie et constante santé,
Il faut un peu de vin et beaucoup de gaîté.
Des roses du printemps embellis ton automne,
Au vieillard de Téos emprunte sa couronne.
Quel fut Anacréon ? quand il avait cent ans,
Il buvait et chantait avec les jeunes gens.
Ainsi tu m'as compris ; ma leçon est bien claire :
Il ne faut pas mourir sans être centenaire.
Adieu, puissent mes vers, badins ou sérieux,
Ne pas trop témoigner que mon Pégase est vieux !


O divin Apollon, dis les causes fatales
Qui firent dépérir nos fêtes patronales.


Quand la France eut crié : Vive la Nation !
Quand la France fut mise en révolution,
La discorde excitant tout peuple et toute terre,
Nous fûmes condamnés aux horreurs de la guerre.
La guerre sous son joug courba notre pays,
Et longtemps s'abreuva du sang de nos conscrits ;
Durant un quart de siècle on a vu chaque année
Notre belle jeunesse en sa fleur moissonnée.
Alors, dans un long deuil, les filles du hameau
Du dur travail des champs supportaient le fardeau.
Alors plus de plaisirs, ni de chants, ni de fêtes.
Le crêpe de douleur ne quittait point leurs têtes.
Elles avaient perdu leurs frères, leurs amis ;
Un mal toujours croissant accablait le pays.
Ainsi que, dans Rama, le désespoir des mères
S'exhalait parmi nous dans des plaintes amères ;
Elles pleuraient aussi leurs fils qui n'étaient plus ;
Aux cris de leur douleur autrefois entendus,
Même encore aujourd'hui, notre cœur se resserre.
Dieu ! portez loin de nous le fléau de la guerre.

Quand nous eûmes atteint la fin des jours mauvais,
Que nous pûmes revivre à l'ombre de la paix,
Du pays consolé l'unanime suffrage
Tendait à rétablir nos fêtes de village.
Il n'en fut point ainsi : notre jeune clergé,
Dans un dessein contraire, avait tout arrangé.
Des prêtres d'aujourd'hui l'austère liturgie
Enseigne hautement que la danse est impie,
Et que, lorsqu'un chrétien se permet de hucher,
La vertu dans son cœur est prête à trébucher.
Voilà ce que l'on prêche !! une telle doctrine
Du vieil esprit public achève la ruine.
Disons tout : le beau sexe, en forme de troupeau,
Est comme enveloppé dans un même réseau.
Des congrégations puissamment combinées
Tiennent, au nom du ciel, nos filles enchaînées ;
Et le premier serment prescrit par leurs statuts,
C'est de promettre à Dieu qu'on ne dansera plus.

O vous, guerriers fameux, sortis de nos montagnes,
Vous dont le monde entier a vanté les campagnes,
Qui marchâtes si fiers sur Vienne et dans Berlin,
Vous que le nord a vus aux portes du Kremlin,
Sous les climats divers vous fûtes intrépides.
L'Egypte sous vos pas courba ses pyramides ;
Naples de votre main reçut un nouveau roi ;
Le Tage et l'Eridan subirent votre loi ;
Hélas ! que vous sert-il d'avoir été si braves ?
Ici, devant vos yeux, vos filles sont esclaves !
Dans un nouvel Eden, au nom de la vertu,
Nos vieux amusements sont du fruit défendu.
Quel contre-sens insigne ! Aux plus beaux jours de fête,
Les filles d'à-présent sont mises en retraite.
Pas une ne se montre.... O préjugé fatal !
En vain nos jeunes gens veulent former un bal.

Malgré tout leur désir et quel que soit leur nombre,
A peine du vieux temps ils retracent une ombre.
Leurs transports simulés, leurs cris et leurs ébats
Ne peuvent suppléer le plaisir qu'ils n'ont pas.
Leur bal est sans attrait : Qu'y manque-t-il? des femmes,
Pour enchanter les yeux, pour enlever les âmes.
Depuis le coup porté sur ce puissant ressort,
Aux vogues du pays tout languit, tout est mort.
Malheur d'autant plus grand que personne n'y songe;
Sur ce crime public on a passé l'éponge.
Comment ne pas gémir? O honte! ô désespoir!
Maintenant parmi nous il est commun de voir
Des filles qu'on marie et dont l'âge s'avance,
Sans qu'elles aient jamais fait une seule danse.
Aussi qu'arrive-t-il! Ce superbe Champsaur,
Ce pays dont le nom voulait dire un champ d'or,
N'est plus qu'une campagne inerte ou désolée,
Ici par les torrents et là par la gelée,
Où le mal sur le bien triomphe largement.
Les choses autrefois se passaient autrement.
La moisson ne trompait l'attente de personne.
Chaque fleur du printemps était un fruit d'automne.
Chaque vache par an mettait bas quatre veaux,
Et nos poules aussi pondaient des œufs plus gros.
Voilà des faits connus. Les vieillards de mon âge,
S'ils étaient consultés, en diraient davantage.
Qu'ils viennent. Tous ensemble, ils n'auront qu'une voix
Pour réclamer aussi nos fêtes d'autrefois.

Le plaisir d'en parler chatouille encor mon âme.
Qu'était-ce qu'une vogue? En voici le programme :
La veille avant la nuit, l'un par l'autre appelés,
Les jeunes gens en joie étant tous assemblés,
Au cabaret voisin se formaient en conclave.
J'emprunte ce grand mot, tant l'affaire était grave!

L'élection d'un chef : le candidat élu
En sortait investi du pouvoir absolu.
Pour le bien du pays, la jeune république
Passait, durant la fête, à l'état monarchique.

L'Abbé, tel est le nom qu'on donnait à ce roi,
Prenait le sceptre, et tous se courbaient sous sa loi.
Or, quel sceptre? Un bâton d'une courte étendue,
Arrondi par le bout en forme de massue.
Lui-même en le prenant sent naître dans son cœur
Cette noble fierté qui sied à la grandeur.

Le jour tombant, la troupe était mise en campagne.
Les plus forts vont couper au bois de la montagne,
Le mai qu'on plantera dès l'aube du matin.
C'est toujours un jeune arbre, ou mélèze ou sapin.
D'autres partent chargés d'un important message
Et font parfois un long et pénible voyage :
Dussent-ils parcourir le pays tout entier,
Ils ne reviendront pas sans un ménétrier.
Avec les députés ce beau Linus arrive.
Aux besoins du pays la nature attentive
Forma de tous les temps quelque musicien
Qui n'eut jamais de maître et qui s'en passait bien.

L'heureux ménétrier, grand faiseur de grimaces,
Vient prendre, après l'Abbé, la première des places.
Le soleil déjà haut, éclairant l'horizon,
On se met en tournée au son du violon.
Dans le village entier le cortége circule,
Des plaisirs de ce jour c'est le grand préambule.
Au sceptre de l'Abbé pendent plusieurs rubans,
Par les filles du lieu donnés à leurs amants.
Il est frisé, poudré d'une belle manière.
Il a le verbe haut et la démarche altière.

Ses joyeux compagnons, naguère ses égaux,
Composent son escorte ; ils sont ses grands vassaux.
Puis viennent les enfants, élèves dont le zèle
Devra dans quelque temps égaler leur modèle.
Au bruit du beau cortége, on sort de toutes parts,
L'image de la joie attire les regards,
C'est le commencement de la vogue qu'on aime.
Tout le monde s'y plaît et le curé lui-même,
Dans son appartement retenu par devoir,
Auprès d'un abat-jour s'avance pour les voir.

Vous chantez, jeunes gens, et vous ne songez guères
A la pénible tâche imposée à vos mères.
La vogue tous les ans leur cause un grand souci.
La vertu qu'elles ont apparaît toute ici.
C'est ici qu'il faut voir la femme de ménage ;
Dès l'aube du matin, elle est à son ouvrage.
Pauvre, elle n'a pas moins un luxe à sa façon,
Un air de propreté règne dans sa maison.
Dès la veille, elle lave, au bord de sa fontaine,
Ses assiettes de terre, et non de porcelaine,
Ses fourchettes de fer et ses cuillers de buis,
Un chaudron étamé, des plats, des pots, et puis
Elle étale au soleil la luisante vaisselle.
Le lendemain on voit, en arrivant chez elle,
Au-dessus d'une armoire, étagé sur trois rangs,
Tout ce beau mobilier qui ne vaut pas vingt francs.

Observons à plaisir l'ordre de sa cuisine.
D'un côté sont ses œufs, de l'autre sa farine,
Ici le beurre frais, là le fromage bleu.
Du souffle de sa bouche elle anime le feu.
Et rien n'est plus commun que de voir sa figure
De charbon barbouillée, ou rouge de brûlure.
En grande diligence, elle fait son repas.

Des lozans mitonnés remplissent divers plats,
Assaisonnés de beurre et roussis de fromage.
Longtemps ce mets tint lieu de viande et de potage,
Mais au siècle dernier on devint plus glouton :
Déjà dès notre enfance on tuait un mouton.
On commençait à prendre un goût de bonne chère.

Louons de plus en plus la bonne ménagère.
De travail obsédée, elle ne sait pas moins
A la civilité donner de justes soins.
Les visiteurs divers arrivés à la fête,
Sont par elle accueillis d'une grâce parfaite;
C'est l'oncle du Villars, ses trois fils et ses brus,
Les tantes de Vercor, les cousins de Théus,
D'autres, on ne sait d'où.... Car, bien loin à la ronde,
A tels jours pour parents nous avions tout le monde.

La maison s'emplissait; l'incroyable festin,
Pour durer tout le jour, commençait le matin.
Le père de famille, au plus haut de la table,
Du geste et de la voix apparaît honorable.
Il fait passer les plats, les sert ou fait servir.
Et puis, d'un mot heureux, il sait tout réjouir.
C'est honneur pour honneur : si lui-même éternue,
Ce peuple de parents à l'envi le salue,
Pour le complimenter tous se mettent en frais.
L'un dit : Grand bien vous fasse! et l'autre : à vos souhaits !
Et chacun se découvre en inclinant la tête.
Ainsi la politesse est l'âme de la fête.

Va-t-on boire! à ce point, notre homme, sans manquer,
Selon l'usage ancien, se dispose à trinquer.
Et tous ses commensaux, s'allongeant de leurs places,
Dans un centre commun, choquent verres et tasses.
Parmi ce cliquetis, l'aimable parenté

S'abreuve également de vin et de gaîté.
Une fois tout au plus les enfants devaient boire.
Mais le cas arrivant, c'était bien tel grimoire.
Antoine doit d'abord se lever, et, debout,
Il courbe d'une main son chapeau par un bout.
De l'autre, en vacillant, il avance son verre.
Le vin étant versé, voici venir sa mère,
Commandant des saluts et des santés pour tous,
A l'oncle Dominique, au cousin Jean-Arnoux,
A la mère Cécile, à la tante Eugénie,
A toute l'honorable et belle compagnie.
L'enfant en perroquet lui répond mot pour mot,
Et sa mère pourtant l'appelle un petit sot.
Tout étant dit, il boit, puis il fait la grimace,
S'essuie avec la main et s'assied à sa place,
Tandis que l'assemblée à bon droit applaudit;
Car elle vient d'entendre une femme d'esprit.

Plus heureux que nos bals, également antiques,
Nos dîners n'ont jamais suscité des critiques.
Libres dans nos maisons, avec nos visiteurs,
Chacun, suivant son gré, peut faire ses honneurs :
Nos curés, sur ce point amortissant leur zèle,
Se sont tous dispensés de nous chercher querelle ;
De nos petits repas ils ne sont pas jaloux.
Il est bien avéré qu'ils dînent mieux que nous.
Aussi peut-on les voir, du moins le plus grand nombre,
Portant un teint fleuri sous le tricorne sombre.
Et leur longue ceinture, en remontant d'un point,
Marque, de mois en mois, leur croissant embonpoint.
Que si je m'en plaignais, j'aurais mauvaise grâce.
Parmi leurs commensaux souvent je tiens ma place ;
Heureux, lorsque je puis, à l'aide d'un bon mot,
Egayer les esprits dans leur salon dévot.
Le clergé de bon goût, dans sa gastronomie,

Admet aussi le sel de la plaisanterie.
La gaîté sied toujours chez les honnêtes gens ;
Notre souci n'est pas de faire les savants.
Que nous importe à nous l'humeur du misanthrope,
Le songe d'Athalie ou les pleurs de Mérope ?
Comme aussi, dans l'espace, il nous est bien pareil
Que l'on fasse tourner la terre ou le soleil.
Cependant nous parlons des affaires publiques,
Notre esprit se répand en discours politiques.
Les Thiers et les Guizot, en passant par nos mains,
Sont réduits sans appel à la taille des nains.
Nous les destituons, et nous voilà ministres.
Alors, pour conjurer les orages sinistres,
Nous donnons au pouvoir un autre fondement.
Nous savons faire aimer notre gouvernement
Au dedans, au dehors, nous nous donnons carrière,
Nous réorganisons l'Europe toute entière ;
Et tout va pour le mieux ; tellement que bientôt
Le moindre paysan mettra sa poule au pot.

Une fois, à Chaillol, quand nous étions à table,
Chez un jeune curé, bon ami, prêtre aimable,
Le temps devint mauvais. Poussés en sens divers,
Des nuages épais s'amassent dans les airs,
Et s'acculent en masse au front de la montagne ;
A peine un demi-jour éclaire la campagne.
On voit de tous côtés, voler au gré des vents,
Le sable des chemins et la paille des champs.
Des corbeaux, en croassant, s'abattent du Parastre (1).
Il tonne, il grêle, il pleut. Tout fait craindre un désastre.
Mais Bruno, le sonneur, dans ce moment fatal,
Accourt heureusement pour conjurer le mal.
Il tinte vitement les cloches de l'église ;

(1) Le Parastre, montagne très-abrupte, à l'est de Chaillol.

Et le ciel courroucé l'entend et s'humanise.

Grâces au bon sonneur, la tempête a cessé ;
Mais le danger pour tous n'est pas encor passé.
Un bruit affreux s'entend du côté de la Combe.
Ce noir torrent grossi par les eaux d'une trombe,
Sur ses bords, en tous sens, commençait à courir ;
Et la Villette était en danger de périr.
Nous étions tous sortis en ce moment de crise.
Bruno vint avec nous en sortant de l'église.
Tandis que nous montions sur un tertre voisin,
Pour contempler le cours de ce Nil alpéen,
Le sonneur, plus que tous, se lamente et s'écrie :
« O maudite Suffrène ! infernale furie !
« Peste soit de ton nom et peste de ton chien ! »
Nous l'entendîmes tous, sans y comprendre rien.
Et regardant les eaux qui longeaient la Villette :
Il dit encor : Où donc est la méchante bête ?

Lorsqu'enfin dans son lit le torrent fut rentré,
Nous revînmes ensemble au manoir du curé,
Dans la salle où la table était encor dressée ;
Le sonneur fut prié d'expliquer sa pensée.
« Venez, lui dîmes-nous, nous expliquer ici,
« Quelle femme et quel chien vous maudissiez ainsi. »
Bruno, s'étant assis, accepte un coup à boire,
Et, d'un front sérieux, raconte cette histoire :

« La Villette, autrefois, sur son petit plateau,
« N'était pas exposée aux ravages de l'eau.
« L'étranger admirait ses prés, ses champs, ses bois ;
« Et le rossignol même y chantait quelquefois.
« Ce lieu, pour son malheur, vit naître la Suffrène,
« Sorcière impénétrable, irascible, inhumaine ;
« Elle naquit, grandit ; et son vil naturel

« Devint, de jour en jour, plus sombre et plus cruel.

« Les femmes, qui, surtout, craignaient ses maléfices,
« Faisaient, pour l'apaiser, de prudents sacrifices.
« Elle avait à foison, au gré de ses souhaits,
« Des sachets de lozans, du beurre et des œufs frais.

« Une noce, en son temps, se fit dans la Villette.
« Les nouveaux mariés donnèrent une fête.
« Les voisins, les amis, vinrent à leur repas.
« Suffrène fut exclue ; on ne l'invita pas.
« Sensible à cet affront, l'odieuse sorcière,
« A d'horribles transports se livra toute entière,
« Et jura hautement de brûler la maison.
« Alors les habitants, troublés avec raison,
« Délibèrent entre eux contre cette couleuvre.
« On l'arrête, on l'enferme ; et, pour couronner l'œuvre,
« Un tribunal formé des plus sages du lieu,
« La condamne d'emblée à périr par le feu.
« Le jugement rendu, le peuple se rassemble.
« On coupe des fagots de fayard et de tremble.
« Aux confins du village, un bûcher est construit ;
« On y traîne Suffrène au milieu de la nuit.
« Sur cette pyramide on la pousse. Elle y monte.
« Le bois brûle, et bientôt elle en eut pour son compte.
« Mais cet auto-da-fé ne tourna pas en bien ;
« Par malheur la sorcière avait un petit chien.
« Lorsqu'elle allait monter sur la fatale échelle,
« Elle prend dans ses bras ce compagnon fidèle ;
« Lui met un crêpe noir en guise de collier,
« Et d'un souffle le rend immortel et sorcier.

« Avide de venger la mort de sa maîtresse,
« L'animal irrité s'enfuit avec vitesse.
« Au pied de la montagne il court pour se cacher ;

« Il creuse et disparaît dans l'anse d'un rocher.

« La montagne, bientôt, s'enfle comme une bombe,

« Tremble, éclate et vomit le torrent de la Combe.

« Depuis, en temps d'orage et quand il pleut à seaux,

« Le monstre s'électrise et n'a plus de repos;

« Il sort, et de sa queue, arrondie en trompette,

« Il guide, en biaisant, les eaux sur la Villette;

« Couvre les champs voisins de blocs et de graviers,

« Et poursuit l'habitant jusque dans ses foyers.

« Un jour il détruira toute cette campagne.

« A brûler les sorciers voilà ce que l'on gagne. »

Ce récit de Bruno nous contrista d'abord.
Fustiger, bannir, soit; mais brûler c'est trop fort.
On ne peut, sans horreur, remuer cette braise;
Mais, à l'endroit du chien, nous sommes plus à l'aise.
Plût à Dieu que l'on pût brûler cet animal,
Qui n'a que trop vécu pour faire tant de mal !
Désormais il lui faut rendre guerre pour guerre;
L'épier quand il sort et l'étendre par terre.

Moi qui, dans ce quartier, possède un petit coin,
Je veux, à Bruno même, inoculer ce soin.
Qu'il se mette aux aguets, qu'il m'apporte sa tête,
Je lui promets pour prix une brillante fête.
Puis, le jour de la vogue, en forme de drapeau,
Lui-même, dans le bal, arborera sa peau....
Mais la réflexion vient amortir mon zèle.
Nul homme n'y peut rien; la bête est immortelle.

# LES VOGUES

## DU CHAMPSAUR.

## CHANT DEUXIÈME.

Amis ! ce n'est pas tout que d'être régalés.
Déjà, depuis longtemps, nous sommes attablés.
Levons-nous et partons. Voici l'heure des danses.
La vogue nous appelle à ses réjouissances.
Les jeunes cœurs émus, dans cet heureux moment,
Se sentent pénétrés d'un doux frémissement.
Tandis que les anciens dont l'esprit se réveille,
Dans le cours du dîner, en vidant la bouteille,

12

Commentent du curé l'édifiant sermon,
Ou disent les exploits des quatre fils d'Aimon,
De toutes les maisons la jeunesse s'écoule.
Dans le lieu désigné nous arrivons en foule.
L'Abbé brandit sa canne; à cet heureux signal
La musique commence ; alors, vive le bal !
Les huchements dans l'air se pressent, se confondent.
Le vallon retentit et les monts y répondent.
Tous les fronts, tous les yeux expriment la gaîté.
Le concours déjà grand s'accroît de tout côté.
Les jeunes habitants des communes voisines,
A travers les vallons, les ravins, les collines,
Viennent impatients d'arriver jusqu'au bal.
Ils marchent deux à deux. Là, sont, en nombre égal,
Des garçons réjouis et des filles charmantes.
Chez eux comme chez nous toutes étaient décentes.
Elles allaient danser avec leurs bons amis
Sans y voir d'aucun point leur honneur compromis.
Salut à nos voisins ! Pris à leur arrivée,
L'Abbé les accueillait d'une grâce achevée.
Lui-même ouvrait le bal à ces nouveaux venus,
Et nous dansions ensemble unis et confondus.
Tels divers affluents descendus des montagnes,
Courent vers l'Eridan, à travers les campagnes.
Le fleuve les reçoit, et, grossi de leurs eaux,
D'un cours plus fier encore, il voit couler ses flots.

La vogue grandissant, par un effet magique,
Porte dans tous les cœurs sa joie électrique.
Tout le monde se rend dans ce beau champ de mai,
Et le bal plus nombreux devient aussi plus gai.
On y voit arriver les enfants et les mères,
Les jeunes mariés, les vieux célibataires.
Les sages s'y trouvaient mêlés avec les fous,
Et surtout des amants c'était le rendez-vous.

Nos belles y venaient étaler leur parure,
Leur beau fichu de soie et leur robe de bure.
Au luxe de ce temps, il fallait assez peu.
Quelque bout de dentelle, un ruban rouge ou bleu,
Un corset baleiné qui dessinait leur taille,
Et la coiffe de toile et le chapeau de paille.
Mais ces simples atours reçoivent un grand prix
De leur douce candeur, de leur tendre souris,
Surtout de la santé peinte sur leur visage,
Passant de siècle en siècle à titre d'héritage.
Cette santé publique était l'heureux trésor
Dont on félicitait le peuple du Champsaur.
Alors, il m'en souvient, un père de famille
Devait-il marier son garçon ou sa fille,
Il entrait en souci, non pour avoir du bien,
Mais pour trouver un sang aussi pur que le sien.
C'était pour lui l'objet d'une étude attentive.


Rentrons dans notre bal,... où tout le monde arrive ;
N'en soyez pas surpris ; la danse a son attrait ;
Et souvent il s'y joint un plus grand intérêt.
Plus d'un garçon sensé, plus d'une fille sage
Trouvèrent le bonheur au bal de leur village.
Nos vogues quelquefois furent l'occasion
D'où surgit imprévue une heureuse union.
Nous allons d'un exemple appuyer nos paroles :
Marchand et voyageur, Saturnin de Vitrolles
Parcourait le Champsaur et vint à Brutinel.
C'était un jour de vogue ; une aimable Rachel
Apparut dans le bal en toilette modeste.
Saturnin admira son port, son air, son geste,
La beauté de ses traits, la fraîcheur de son teint,
Il la fit demander, et lui-même il convint.
Heureux ! tout succéda selon son espérance.
L'auteur de tout bien, Dieu, bénit leur alliance.

Lorsqu'ils vivaient encor, leurs fils et petits-fils
S'assemblèrent un jour : ils étaient trente-six.

Nos bals, grâce au bon ton créé par la jeunesse,
Etaient surtout un lieu d'exquise politesse.
Un danseur voyait-il une jeune beauté,
Douce colombe, allant avec timidité,
Sur les confins du bal, à côté de sa mère ?
A cet aspect le gars versé dans l'art de plaire,
S'apprête incontinent à faire son devoir.
Sur son front en sueur il passe son mouchoir ;
Il marche, et le voilà devant la demoiselle.
Il est émerveillé de la trouver si belle,
Lui fait mille saluts et lui dit de grands mots
Qui sont vides de sens à force d'être beaux.
Tour à tour il se courbe, il se dresse, il tortille ;
Tantôt parle à la mère et tantôt à la fille.
Il la prie à danser.... Alors grand embarras.
Elle en a le désir, mais elle n'ose pas.
Ah ! danser en public ! le jeune homme a beau dire.
Le cas est chatouilleux, elle tremble et soupire.
Puis la mère intervient ; et d'un air gracieux
Seconde du galant le zèle officieux ;
Elle engage sa fille, et l'aimable novice,
Pour la première fois, se risque dans la lice.
C'est une fleur de plus dans un jardin fleuri.
Le bal est un spectacle où je suis réjoui.
Voyez cette assemblée en forme circulaire,
Voyez l'Abbé tout fier de son grand ministère,
Près du ménétrier, placé dans le milieu ;
C'est l'âme du grand corps qui se meut en ce lieu :
Cent filles, cent garçons qu'un violon rassemble,
Tantôt dansant, tantôt marchant, roulant ensemble,
Marchant, c'est deux à deux, la fille va devant :
Soudain elle se tourne, et fait face en dansant.

Puis ils marchent encore ou sautent en cadence,
Huchant joyeusement de distance en distance.
Danser, marcher, sauter, voilà le *rigodon*.
Gloire à l'académie! Elle a connu ce nom.

Quelquefois on faisait, sur le même théâtre,
Une gaillarde à deux, plus rarement à quatre.
Mais cet honneur insigne est un cas réservé.
A peine l'obtient-on dans un rang élevé.
Le fils seul du consul avec la châtelaine,
Pouvait de loin en loin occuper cette scène,
Ou bien quelque danseur fameux dans le pays,
Produisant dans le bal une brillante Iris.
Dans ce grand cas l'Abbé commande le silence.
Au second coup d'archet, la gaillarde commence.
L'un à l'autre opposés et se donnant la main,
Nos danseurs élancés parcourent leur chemin.
L'un danse sur sa droite et l'autre sur sa gauche,
Allant et revenant, on s'éloigne, on s'approche.
D'un pied léger à peine effleure-t-on le sol.
On est près d'arriver au prestige du vol.
On se tourne le dos, on se remet en face,
Et, dans moins d'un clin d'œil, on change encor de place.
L'assemblée attentive est là comme en suspens,
Les suit d'un œil surpris dans tous leurs mouvements.
Tant d'art, tant de vitesse étonne. L'hirondelle,
Sur les bords d'un ruisseau, dès la saison nouvelle,
Est presque moins agile et n'offre pas aux yeux
Des tours plus variés ni plus ingénieux.
Une gaillarde enfin, dansée en bonne forme,
Se trouvait un exploit d'une portée énorme.

O célèbre Joubert, émule des Vestris,
Avant que d'étonner et Londres et Paris,
Aux bals de Saint-Bonnet tu faisais cette danse,

Et tes pas sont restés dans notre souvenance.
N'en sois pas étonné : j'attache avec raison
Aux vogues du Champsaur la gloire de ton nom.

Nul homme, fût-il né sur le front du Caucase,
N'aurait pu voir nos bals sans tomber en extase.
Là brillait la jeunesse unie à la beauté ;
Là régnait sans désordre une folle gaîté.
L'image du bonheur, la danse, la musique,
Les cris, les chants.... c'était un ensemble magique.
On admirait aussi les nombreux spectateurs,
D'un grand cercle entourant le cercle des danseurs.
Voyez passer bouffant le médecin Joconde,
Il s'en va tout surpris d'avoir vu tant de monde.
Et vraiment dans quel lieu pourrait-on se tenir,
S'il s'y trouvait encor ceux qu'il a fait mourir !
Les magistrats du lieu, qui, suivant l'ordre antique,
Gouvernaient parmi nous la fortune publique,
Arrivent sur le tard pour s'y glorifier.
C'est le sieur Châtelain, deux consuls, un greffier :
Tous les quatre importants, d'un aspect honorable.
Du Châtelain surtout la tête remarquable
De toute l'assemblée attire les regards.
Il touche par les ans à l'âge des vieillards.
De ses cheveux poudrés l'élégante frisure,
Sur l'une et l'autre oreille, ajuste sa figure.
Et plus bas, sous la nuque, au niveau du chignon,
Sa grise chevelure, à l'aide d'un cordon,
S'enfonce par le bout dans une bourse noire.
Cette bourse à nos yeux l'environne de gloire.
Il marche le premier et sur les bords du bal,
Il vient se rengorger d'un air municipal,
Saluant toutefois quiconque le salue.

La mise des consuls est un peu moins cossue.

Ils portaient tous les deux, même aux beaux jours d'été,
Un gros habit d'hiver, de drap non acheté,
Avec des bas de laine à hautes genouillères,
Et, par-dessus ces bas, de larges jarretières
Dont le vif incarnat éclatait sur le blanc.
Le greffier après eux soutient aussi son rang.
Il va clignant les yeux, mignardant sa parole.
Il fait plus que le greffe, il est maître d'école.
Il est dans tous les cas l'écrivain du pays ;
Une lettre de lui peut aller à Paris.
Son français se comprend, n'importe l'orthographe ;
Il peint lisiblement et signe avec paraphe.
Si la loi n'avait pas interdit ce cumul,
Peut-être l'an d'après on l'aurait fait consul.
Au bal de Saint-Bonnet et dans le voisinage,
On voyait arriver le juge du bailliage,
Le procureur fiscal, les notaires royaux,
La dame de Daillon et tous ses commensaux.
Villars, encore enfant, y parut une année ;
Un voile épais alors cachait notre Linnée.
Mais on le sut plus tard : le berger du Noyer
Commençait dès ce temps à former son herbier.

A Chabotte, à Buissard, durant notre jeune âge,
Nous vîmes tous les ans un noble personnage,
Le seigneur de Chaillol avec ses quatre fils,
Tous d'un nom fastueux, en naissant ennoblis :
C'est Urbain de Champ-Cros, Gaston de la Lauzière,
César de Montorcier, Titus de Londonnière.
Le père et les enfants habillés d'oripeau,
Possédaient pour tout bien, un reste de château.
Touchant à son déclin, leur vieille seigneurie
Ne renfermait en soi qu'orgueil et pénurie.
Ils dînaient sans façon chez le curé du lieu,
Et lui laissaient le soin d'en rendre grâce à Dieu.

Bien souvent, pour surcroît de bonne compagnie,
Nous recevions de Gap, un gros de bourgeoisie,
La plupart grands chasseurs, les Thomé, les Richier ;
Ils devaient dans nos champs tuer tout le gibier,
Mais ils viennent au bal ; et voilà que la fête,
Dans son cirque enchanté, les charme, les arrête.
Là, nos jeunes danseurs, quelquefois peu discrets,
S'amusaient de leur voir des jambes sans molets.
Tout est changé depuis ; dans son ère nouvelle,
Gap se moque de nous ; la ville est presque belle,
Et de tant d'habitants dont ses murs sont remplis,
Il n'en est point qui n'ait gros ventre et beaux habits.

Mais que faisait alors la mère de famille ?
Nous voyons dans le bal ses garçons et sa fille,
Et le père lui-même, après son long dîner,
Avec ses vieux amis, vient de s'acheminer ;
Ils sortent sur le soir pour faire leur visite.
La mère reste seule, aimable cénobite ;
Elle se met en train d'arranger sa maison ;
Des frais de son dîner elle se rend raison.
Trois semblables repas démonteraient sa table ;
Du seuil de la cuisine, elle passe à l'étable ;
Tout le jour elle doit prendre soin du bétail.
Le troupeau cette fois ne sort point du bercail ;
Personne ne viendra pour le garder. Le pâtre,
Depuis l'avant-midi, huche, chante et folâtre.
Ainsi que les moutons, les vaches et les veaux,
Durant ce jour entier, sont nourris à huis clos.

Et quels soucis n'a pas la mère de famille ?
Ce sont les maraudeurs... le pays en fourmille.
C'est son jardin sans eau, présent à ses regards.
La taupe a labouré ses jeunes épinards ;
Et voilà qu'une poule, en gloussant, s'achemine

Et va pondre ses œufs aux nids de la voisine.
Puis ce maudit renard ! un an à pareil jour,
Pour prendre ses poulets, il sauta dans la cour.
Au dehors, au dedans, il faut donc qu'elle veille,
Et la nuit quand tout dort, à peine elle sommeille...
Bonne femme des champs ! agréez mes saluts,
Vous nous laissez danser, quand vous ne dansez plus.

Le prestige enchanteur de nos jeunes années
Prêtait un nouveau charme à ces belles journées.
Le ciel à nos regards brillait d'un autre azur,
Les vents étaient plus doux et l'air était plus pur.
Du tabac à fumer la vapeur dégoûtante
N'escortait pas alors la jeunesse décente.
Notre pays plus tard a subi ce malheur.
Pour cigarre autrefois nous portions une fleur,
Une feuille de menthe, un scion d'aubépine.
Aussi nous vantait-on pour notre bonne mine.
Nous ne connaissions pas cet art malencontreux
De convertir la bouche en un fourneau hideux
D'où sort à flots puants une fumée épaisse,
Qu'on souffle à tout venant et qui revient sans cesse.
Maintenant, ô douleur ! de la ville au hameau,
Partout on voit régner cet horrible fléau.
Nous recourons à vous, belles, aimables femmes.
Portez votre veto sur ces pipes infâmes.
Repoussez les fumeurs, votre sens délicat
Ne doit point avec eux tolérer de contrat.
Faites votre devoir : en conspuant ce vice,
Vous allez rendre à tous un immense service.
Ah ! Je voudrais encor pour nos jeunes dandys
Emprunter vos ciseaux et faire un abattis
De ces touffes de poils qui couvrent leur figure.
Disgracieuse mode ! et l'on veut qu'elle dure ;
Ainsi le carnaval sera perpétuel,

Grâce à tant de mentons masqués au naturel.

De joyeux huchements, d'aimables prévenances,
Des visiteurs nombreux, des dîners et des danses,
Tel était le tableau naïf et gracieux
Qu'une vogue jadis, sans crime, offrait aux yeux.
Sans crime!!! Sur ce mot quelque censeur sans doute
Va tonner, et.... de grâce, un moment qu'on m'écoute.
Il se peut que l'amour qui passe pour malin,
Sur tant de jeunes cœurs, y fît quelque butin.
Mais où n'en fait-il pas? Souffrez cette remarque.
Dans le parvis d'un temple il séduisit Pétrarque.
Pétrarque avec respect entrait dans le saint lieu,
Là, ses yeux virent Laure, et Laure fut son dieu.
L'amour vainqueur encor des rigueurs de l'Eglise,
Eternisa deux noms : Abelard, Héloïse.
Il entend qu'à ses lois tout doit être soumis.
Il assiége les lieux qui lui sont interdits.
Sa voix prend tous les tons ; il parle le langage
Des peuples policés et de l'homme sauvage ;
Le plus souvent il va par des chemins secrets,
Confiant à la nuit l'espoir de ses projets.
Jaloux de s'asservir les plus hautes fortunes,
Son joug s'étend aussi sur les âmes communes ;
Et Lucas, dans le bois, en liant ses fagots,
Chante pour Colinette et soupire en sabots.

Tel est l'ordre établi pour le maintien du monde.
Otez-en de l'amour l'entremise féconde,
Le genre humain sera dans sa source coupé,
Et le siècle à venir drôlement attrapé.
Laissons donc à l'amour son esprit de conquête.

Entendons-nous pourtant : je veux l'amour honnête.
Sans pudeur, je le hais. Ses écarts sont un mal

Qui n'est pas excusé devant mon tribunal.
Voici tout mon dessein : Avocat de la danse,
Laissant à la vertu sa noble préséance,
Dans notre droit commun je voudrais établir
Qu'une fille d'honneur peut danser sans faillir.
Aux juges compétents je soumets ma requête.

Vogues du bon vieux temps, combien je vous regrette !
Chants joyeux du matin, belles danses du soir !
Jours heureux ! Mon pays pourra-t-il vous revoir ?
Je n'ose l'espérer. Toute ma poésie
Ne fera pas tomber la nouvelle hérésie.
Mais du moins nos neveux auront appris par moi
Qu'autrefois nous suivions une meilleure loi.

Quand le soleil couchant allait clore la fête,
Le beau sexe du bal préparait sa retraite.
Dans ces derniers moments les jeunes gens courtois
S'épuisaient en honneurs du geste et de la voix ;
Les mères répondaient selon la convenance,
La plupart en faisant la belle révérence,
Tandis que, sans parler, même en baissant les yeux,
Les filles leur faisaient d'intéressants adieux ;
Entre la folle joie et l'humble modestie
Souvent il s'y trouvait plus d'une sympathie.

L'Abbé, plus que jamais fidèle à son devoir,
Veillait d'un nouveau soin aux affaires du soir.
Toujours la politesse animait ses manières.
Lui-même accompagnait les dames consulaires.
Quand nos amis partaient, il leur disait : « Adieu,
« Revenez l'an prochain si vous aimez ce lieu. »
Et de nos bons voisins l'amitié satisfaite
Nous priait en retour pour le jour de leur fête.

Or, voilà qu'il est nuit. Alors nous nous disons :
Pourquoi des jours si beaux ne sont-ils pas plus longs ?
Tel est du genre humain le destin misérable.
Le temps emporte tout ; aucun bien n'est durable.
On pourrait dire encor : tous nos plaisirs sont faux,
Nous n'avons ici-bas de réel que nos maux.
Toujours en grands souhaits notre âme se consume,
Et toujours nous buvons au vase d'amertume.
Mortels, désirez-vous goûter quelques douceurs ?
Honorez la vertu, portez respect aux mœurs.
Quel que soit votre rang craignez votre faiblesse.
A vivre honnêtement excitez-vous sans cesse.
Vous aurez sur la terre acquis le plus grand bien,
Si votre cœur en paix ne vous reproche rien ;
Et si le souvenir de vos œuvres passées
Produit dans votre esprit d'agréables pensées.
Heureux, s'il vous souvient que parfois votre main
A mêlé quelque baume aux douleurs du prochain !

Mais de nos jeunes gens l'importante journée
N'est pas avec le jour pleinement terminée.
Ils vont donc emprunter aux heures de la nuit.
Ils marchent tous ensemble où l'Abbé les conduit.
Ils rentrent pour souper dans l'hôtel du village.
De nouveaux huchements annoncent leur passage.
Aussitôt internés, dans un bruyant salon,
Le ménétrier joue un dernier rigodon.
Conduite par l'Abbé, Françon, la vieille hôtesse,
Fait voir ce qu'elle était au temps de sa jeunesse.
De ses pas cadencés on admire l'élan.
Tel un vieux grenadier devenu paysan,
S'il entend le tambour ou s'il revoit ses armes,
Se redresse en sursaut, comme au jour des alarmes,
Et son corps rajeuni, secouant sa torpeur ;
Reprendrait au besoin son ancienne valeur.

Enfin la scène change : on est à table, on soupe,
Mais bientôt le sommeil s'empare de la troupe.
L'Abbé, ses compagnons et leur ménétrier
Se couchent ; et tout dort dans le village entier.
Les heures de la nuit s'écoulent en silence.
Le dimanche finit et le lundi commence.
Quand le coq eut chanté pour la troisième fois,
Les gars étant levés, sortent en tapinois.
Un grand calme régnait dans l'air et sur la terre.
Tout était assoupi dans ce sombre hémisphère.
Les voix de trois chanteurs, jointes au violon,
Dans un accord parfait, ne formant qu'un seul son,
Eclatent tout à coup ; et l'aubade touchante
Résonne longuement dans les airs qu'elle enchante.
Dans la cour d'un consul, le concert est donné,
Et le vieux magistrat n'en est pas étonné :
Il n'y voit qu'un honneur revenant à sa place,
Et, dans ce songe vain, son âme se prélasse.
D'un sens mieux avisé, sa fille Marion,
De l'aimable concert comprit l'intention.
Il lui sembla d'ouïr la voix de Théodore.
Quand on ne chantait plus, elle écoutait encore.
Puis, elle aurait voulu, roulée entre ses draps,
S'endormir de nouveau : l'amour ne voulut pas.

# LES VOGUES

## DU CHAMPSAUR.

## CHANT TROISIÈME.

Des vogues du Champsaur j'ai chanté les plaisirs.
Ma muse me convie à d'autres souvenirs.
Souvent le point d'honneur, quelquefois une belle
Devint dans nos cantons un sujet de querelle.
Alors le champ du bal était le rendez-vous
Des villages rivaux et des amants jaloux ,
Et la guerre, prenait la place de la danse.
Nos batailles de vogue avaient leur importance.

Les combattants s'armaient de tricots, de cailloux.
Alors honneur aux bras porteurs des plus grands coups.
Le pays en gardait une longue mémoire.
Vieux témoin, il me sied d'en retracer l'histoire.

En cessant d'être enfant, tout jeune Champsaurin
Aspirait à l'honneur par un triple chemin :
*Hucher, danser, se battre ;* et l'estime publique
Accompagna toujours cette formule antique.
Ajoutons que souvent les vieillards du pays,
De l'ardeur belliqueuse échauffaient les esprits.

C'était pendant l'hiver, quand la neige et Borée,
La nuit, dans une étable, enfermaient la soirée.
Un vieux Nestor parlait, et nous écoutions tous.
Il nous entretenait et des ours et des loups,
Comme aussi des sorciers qui, selon leurs caprices,
Poursuivent les humains par tant de maléfices.
Il nous disait encor les morts qu'on avait vus,
Durant la nuit obscure, ici-bas revenus,
Tantôt d'une voix basse, au bord des cimetières,
Appelant leurs amis, demandant des prières,
Tantôt en feux folets, voltigeant dans les airs.
D'autres dans les greniers faisaient bruire des fers,
Obsédaient le bétail dans l'ombre des étables
Et sortaient en poussant des soupirs lamentables.

A ces tristes récits, environnés d'horreur,
Nos cheveux se dressaient hérissés de frayeur.
Nous étions plus heureux, quand, changeant de langage,
Il vantait notre vogue et les forts du village,
Et la grande bataille où l'honneur fut pour eux,
Lors pourtant qu'ils n'étaient qu'un homme contre deux.
Jamais aucun combat ne rendit plus de gloire.
A ces mots avec lui le joyeux auditoire

Se mettait à chanter les couplets glorieux,
Par la muse du temps, dictés à nos aïeux.
Car le langage ancien, quoique informe et rustique,
Ne laissait pas d'avoir son genre poétique.

Dans la veillée émue et pleine de gaîté,
On parlait de danser quand on avait chanté.
Ce mot était reçu d'un accueil favorable ;
Un heureux mouvement s'opérait dans l'étable.
Les hommes se levaient en troussant leurs bonnets,
Les femmes en quittant quenouilles et rouets.
Déjà chaque danseur a choisi sa danseuse.
Au lieu du violon, on prie une chanteuse,
Et l'heureux rigodon commence et se poursuit
Jusqu'à l'heure où le coq chantait l'après-minuit.
Ainsi, durant l'hiver, dans ces bals domestiques,
Des danseurs se dressaient pour nos fêtes publiques ;
Et l'honneur des combats vantés à tous propos,
Se gravait aux grands cœurs et formait des héros.

Il forma de nos jours Bonnabel et Dardène,
Voisins, amis, tous deux l'ornement de La Plaine.
Valeureux champions qu'à peine j'ai connus,
Que j'aime à vous louer ! Que d'honneurs vous sont dus !
Dans mes vieux souvenirs la gloire vous rassemble,
Et toujours vos deux noms seront redits ensemble.
Aussi forts l'un que l'autre, aussi beaux, aussi grands,
Du côté de l'esprit ils étaient différents.
Bonnabel des bons mots aimait la polémique,
Il avait le cœur bon et la langue caustique.
Dardène peu savant, calme et silencieux,
Sans être plus mauvais, était moins gracieux.
Son air ne montrait point un enfant de La Plaine ;
Car de ce beau pays telle est l'aimable veine,
Que, pour le seul plaisir de placer un bon mot,

Tout homme au cabaret doublerait son écot.

Durant la même époque, en d'autres lieux encore,
Vécurent des Samsons dont le pays s'honore :
Saint-Laurent eut Poston et Gambelle et Lucas,
Jean-Serre à Saint-Léger, au Forest un Patras ;
Quatre dans Saint-Jullien : Le Coutre et ses trois frères ;
Bigourdan à Chaillol et les Comte d'Orcières.
Quels hommes ! et pourtant on les a vus mourir.
Ah ! si la mort avait un corps qu'on peut saisir,
La mort aurait cessé de nous faire la guerre.
Ces hommes, du vieux monstre auraient purgé la terre.
Tous furent renommés ; car l'estime d'alors
S'attachait toute entière à la force du corps.

C'est par là que brilla notre grand Lesdiguières ;
Enfant, de son maillot il rompait les lanières ;
Et quand il eut quinze ans, aux bals des environs
Il sut en combattant gagner ses éperons.
Saint-Bonnet de bonne heure en retentit de joie.
Fort comme les héros qui se battaient à Troie,
Dans son âge viril, il lançait d'un seul bras
Des masses qu'à deux mains nous ne porterions pas.
Témoins son casque énorme et sa pesante lance
Que Gap nous a ravis par esprit de vengeance
Et qu'il montre, en disant à ses enfants confus :
« Ne vous étonnez pas si nous fûmes vaincus. »

Au bord oriental du pays que je chante,
Orcières le premier devant moi se présente.
Cet endroit montagneux, épars en vingt hameaux,
Nourrit un peuple fort, propre aux rudes travaux,
Qui se complaît chez lui, ne trouble point les autres ;
Mais sa vogue n'est pas à l'unisson des nôtres.
A la pompe du bal il donne peu de soins ;

On y boit davantage et l'on y danse moins.
Je salue en passant les habitants d'Orcière
Les Marchand, les Peiron, les Bernard, les Charrière,
Les frères Bonnabel et les nombreux Giraud,
Chevalier des Fourés, Juillen de Serre-Eyraud ;

Le cri de gloire un jour chez eux se fit entendre,
Choisis et commandés par un autre Alexandre,
Trente forts champions sortirent de ce lieu.
Jour célèbre depuis, c'était la Fête–Dieu.
Ils vinrent en fanfare à la vogue d'Ancelle.
Ce fut un cas flagrant de soudaine querelle.
Le plat pays d'Ancelle autrefois fut un lac
D'où les eaux s'épanchant coulèrent dans le Drac.
Maintenant c'est un lieu, plutôt bourg que village,
Qui tient de sa montagne un air un peu sauvage.
L'habitant compassé, froid et silencieux,
S'il s'irrite, devient pétulent, furieux,
C'est le feu d'un volcan qui monte à son cratère.
La bataille fut prompte ; et les trente d'Orcière
Livrèrent en entrant un assaut vigoureux.
Mais bientôt entourés par un peuple nombreux,
Pour un coup qu'ils portaient, ils en recevaient quatre.
Les femmes, les vieillards osaient aussi se battre.
Tant de monde écrasait le petit bataillon.
Chef habile et surtout valeureux compagnon,
Alexandre à ses gens ordonna la retraite ;
Pour s'ouvrir un passage il se mit à leur tête.
Les groupes d'ennemis dispersés par son bras,
Tombaient autour de lui sans arrêter ses pas.
Cependant sa retraite avait l'air d'une fuite ;
Ceux d'Ancelle en criant marchaient à sa poursuite.
Le vent de la victoire avait enflé leurs cœurs.
Ils allaient écraser ces lâches agresseurs.

Alexandre et sa troupe, au bout de la vallée,
Suspendirent soudain leur fuite simulée,
Tournant vers l'ennemi leurs visages ardents.
Furieux, tous poussaient d'horribles hurlements.
Qu'on ne demande pas si le choc fut terrible.
Ancelle en arrivant se croyait invincible,
Un combat acharné s'engage ; et le destin
Entre les deux partis est d'abord incertain.
Cependant que de coups ! Que d'efforts incroyables !
Ces affreux combattants ressemblaient à des diables.
Et le champ de bataille était bien un enfer
Où tout crie, où tout souffre, où la rage est dans l'air.
Enfin l'Abbé d'Ancelle, atteint d'un grand coup, tombe ;
A cet aspect fatal tout son peuple succombe.
Les trente du combat sortirent triomphants.
Alexandre au pays rendit tous ses enfants.
Tel l'heureux Xenophon du milieu de l'Asie,
Ramena ses dix mille au sein de la patrie.

Me voilà franchement placé sur mon terrain.
Les héros les plus fiers, assouplis sous ma main,
Ne peuvent m'opposer aucune résistance.
La plupart vont de moi tirer leur importance.
Votre tour est venu ; levez-vous à ma voix,
Intrépide Robert, homérique Dubois,
En passant à Buissard, qui fut votre patrie,
Votre ombre se présente à ma vue éblouie ;
Et mes vers, dissipant les ombres du tombeau,
Vont de vos noms éteints rallumer le flambeau.
Buissard privé de force est surtout sans audace.
L'orgueilleux Saint-Juillen l'écrase de sa masse.
Saint-Juillen tous les ans, par un abus fatal,
S'y présentait en maître et présidait au bal.
Robert et son cousin, inscrits pour la milice,
Au sortir de l'enfance, entrèrent au service ;

Et dès lors séparés, Dubois fut grenadier
Et Robert plus petit fut choisi cavalier.
Dubois, haut de six pieds, par son port et sa taille,
Etait comme un géant sur le champ de bataille.
Homme sec et trapu, velu dans tout son corps,
Robert fut en son temps compté parmi les forts.
Ses yeux étincelaient sous ses paupières grises
Quand il nous racontait ses rares vaillantises ;
Ses campagnes d'Hanôvre et ces pauvres hussards
Que d'un seul coup de sabre il fendait en deux parts.
Gloire ! Gloire à tous deux ! revenus de l'armée,
Un grand jour à Buissard fonda leur renommée.
La Saint-Barthélemy produisit leur valeur
Dans un champ périlleux et les combla d'honneur.
Ils plantèrent un mai, venu des bois d'Autane ;
Le bal s'organisa. Robert portait la canne.
Dubois prit une perche au bord d'un champ voisin.
Ce bois comme un roseau fut léger dans sa main.
A leur voix enhardi, tout un peuple timide,
Se livrait au plaisir, dansant sous leur égide.
Buissard voyait en eux sa restauration.
Mais Saint-Juillen venant met opposition
A ce pouvoir nouveau qui gouverne la fête.
Car les usurpateurs se mettent dans la tête
Qu'un certain temps passé légitime leur droit.
Ils prétendaient toujours régner dans cet endroit.
Dubois leur répondit : « Braves compatriotes,
« Venez-vous à Buissard comme voisins, comme'hôtes ?
« Vous y pouvez danser avec notre agrément.
« Voulez-vous commander ? C'est un autre argument.
« Nous devons être ici comme l'honneur l'ordonne,
« Amis de tout le monde, esclaves de personne. »

A ces maux si nouveaux, Saint-Juillen ébahi,
Recule de trois pas et répond par un cri.

L'injure était flagrante ; aussi point de remise.
Tout s'émeut, le courroux succède à la surprise.
En forme de phalange ils se serrent entre eux,
Et trente hommes au moins se lèvent contre deux.
Seuls les deux champions, au front calme, aux pieds fer-
S'étaient devant leur bal placés comme deux Termes. [mes,
Robert, de son bâton faisant le moulinet,
Parait habilement les traits qu'on lui lançait ;
Et près de lui, Dubois, levant sa longue perche,
Criait comme un Stentor : « Malheur à qui le cherche ! »
Devant un tel géant nul n'osait s'avancer.
Borel seul une fois tenta de s'élancer,
Et Robert d'un grand coup le fit choir en arrière.
Le moulinet roulant formait une barrière.
C'était le point d'arrêt qu'on ne pouvait franchir.
Mais l'attaque un moment parut se ralentir,
Et Dubois en repos tint sa perche baissée.
Villar et Carabin, plus prompts que la pensée,
S'élancèrent ensemble et s'y prirent au bout.
Dubois ainsi surpris céda-t-il ? Point du tout.
Il soutendit son bras et l'étonnant athlète
Relevant son levier au-dessus de sa tête,
Les deux hommes, pareils à deux bottes de foin,
Furent lancés dans l'air et tombèrent bien loin.
Tel jadis on a vu, dans les champs de l'Espagne,
L'immortel Don Quichotte ouvrir une campagne.
Sur un moulin à vent il poussa son coursier,
Et la roue emporta l'imprudent cavalier.

Alors des agresseurs la troupe un peu confuse,
Renonçant à la force, eut recours à la ruse ;
Maugiron était là. Menteur trois fois expert,
Maugiron à l'armée avait connu Robert.
Pendant que ses amis simulent la retraite,
Il vient seul à Robert : « Ami, la paix est faite.

« Saint-Juillen est parti. Nous reconnaissons tous
« Que vous avez le droit de commander chez vous.
« Usez de votre bal ; dansez sur votre terre.
« C'est fort bien, avec toi j'en veux choquer le verre.
« Allons sceller la paix au cabaret voisin. »

Robert crut à sa foi, lui présenta la main,
Confiant et joyeux, il s'en alla pour boire,
Laissant à son cousin tout le soin de leur gloire.
Lorsque Dubois fut seul, quand Robert n'y fut plus,
Les trompeurs vers le bal en foule revenus,
Forcèrent le grand homme : il battit en retraite.
Mais l'honneur lui resta nonobstant sa défaite.
Ainsi, quand de nos jours vingt peuples ameutés
Envahirent nos ports, nos champs et nos cités,
Pour briser le pouvoir qui gouvernait la France,
Napoléon tomba devant leur force immense ;
Il tomba, mais son nom, déjà si glorieux,
Grandit de jour en jour et s'étend en tous lieux.

Buissard, au temps ancien, fut souvent le théâtre
Où des lieux d'alentour on venait pour se battre.
Chaillol et Saint-Juillen s'y battaient une fois.
Là vinrent s'illustrer les forts des deux endroits.
Jamais combat ne fut plus digne de louange.
Saint-Juillen moins nombreux combattait en phalange ;
Chaillol, en voltigeurs, avançant, reculant,
Frappait de tous côtés sur ce parc ambulant.

Tandis que la bataille ensanglantait l'arène,
Que la victoire entre eux se tenait incertaine,
Au beffroi de Buissard on sonna le tocsin.

A ce bruit Marillac, seigneur de Saint-Juillen,
Goutteux et déjà vieux, frémit en tous ses membres,

Sort de son grand fauteuil et courant dans ses chambres,
Il appelle à grands cris Rigaud, son écuyer.
Rigaud en un instant prépare son coursier.
Marillac à cheval se fait donner sa lance,
Du côté de Buissard aussitôt il s'élance ;
Des femmes qui lavaient aux égouts d'un bassin,
A genoux sur deux rangs lui barraient le chemin.
Le cheval, on eût dit une aigle aux grandes ailes,
Renifle, rebondit et vole au-dessus d'elles.

Ainsi toujours courant il vint au champ du bal.
La sueur inondait et l'homme et le cheval.
Quels furent ses exploits ? Que fit-il de sa lance ?
L'histoire sur ce point a gardé le silence ;
Seulement elle a dit qu'il fut beau de le voir
Quand il franchit d'un saut les femmes du lavoir.

# LES VOGUES

## DU CHAMPSAUR.

## CHANT QUATRIÈME.

Il m'appartient ici de remettre en lumière
Le trait le plus saillant de l'ancien caractère,
C'est encore une gloire acquise à nos aïeux :
Souvent dans une vogue on les vit furieux,
Parmi des cris de rage et des torrents d'injures,
Se battre, se meurtrir d'effrayantes blessures.
Bientôt passé la fête, avant d'être guéris,
Ces hommes oublieux n'étaient plus ennemis.

Au sortir du combat, acceptant leur fortune,
Ou vainqueurs ou vaincus, ils restaient sans rancune.

Cette belle vertu nous rappelle un beau nom,
Perugon, de nos jours mort à Champoléon (1).
Il était plein d'honneur ; pourquoi le sort barbare
S'est-il ainsi joué d'un mérite si rare ?
Perugon, jeune encor, de ses membres perclus,
Surtout aux jours d'hiver souffrait des maux aigus.
C'était le triste fruit des querelles sanglantes
Qu'il soutint maintes fois dans nos fêtes bruyantes.
On lui dit qu'il fallait pour guérir ses douleurs,
Tirer de tout son corps d'abondantes sueurs.
Sa femme qui l'aimait comme on aime au village,
Fit donc porter du bois au four du voisinage.
Le four étant chauffé, le malade accroupi
S'enfourna non sans peine ; et l'y voilà tapi.
La femme s'étant mise en oraison mentale,
Boucha soudain le four à l'aide d'une dalle.
Sa pensée était sage. Elle comprenait bien
Qu'une demi-sueur ne servirait de rien.
Puis, laissant le malade en sa chaude demeure,
Elle se retira pour un double quart d'heure.
Ensuite elle revint ; elle a hâte de voir
Si la vertu du four répond à son espoir.
Elle ouvre ; Perugon se tient coi dans sa couche.
Et comme la chaleur a contracté sa bouche,
A l'aspect de ses dents, sa femme avec bonheur,
Croit qu'il rit ; elle appelle ; il se tait. O malheur !
C'en est fait : Perugon ne peut parler ni rire.
En le voulant guérir, hélas ! on l'a fait cuire.
Depuis lors, quand quelqu'un vient à Champoléon,
On lui montre, en passant, le four de Perugon.

(1) Fait historique.

Telles, au temps jadis, les filles de Pélie (1),
Voyant que leur vieux père allait perdre la vie,
Le prirent, et, l'ayant découpé par morceaux,
Elles firent bouillir et sa chair et ses os,
Croyant qu'ainsi bien cuit, par leur pieuse adresse,
Il allait recouvrer sa première jeunesse.
Fol essai! Le vieillard dévotement bouilli
Ne fut pas plus heureux que Perugon rôti.

Hâtons-nous; il est temps d'arriver à Chabottes.
Je salue en entrant mes vrais compatriotes
Et leur souhaite à tous l'amour de leur pays,
Les douceurs du bien-être et les plaisirs permis.
Il m'est doux de revoir ce lieu de ma naissance.
Il m'est doux de songer aux jours de mon enfance;
Et de m'asseoir encor au foyer paternel.
Là, je fus élevé par une autre Rachel.
Là, tout me reproduit l'image de ma mère,
Et des larmes d'amour inondent ma paupière.

Chabotte et La Plaine, unis et divisés,
S'étendent sur le Drac aux deux bords opposés.
Les habitants inscrits au même catalogue,
Ne forment qu'un seul peuple et font la même vogue.
C'est le huit septembre, à la fin de l'été,
Quand les greniers sont pleins, quand tout est récolté.
Alors chaque habitant se croit dans l'abondance,
Et fait avec plaisir sa petite dépense.
O jour de Notre-Dame! O le plus beau des jours!
Nul autre n'est autant l'objet de mes amours.
Il venait autrefois enchanter ma jeunesse,
Et maintenant encore il charme ma vieillesse.

(1) OVIDE, dans ses *Métamorphoses*, livre 7, chapitre 8.

Dans leur vogue, une fois, par un peuple rival,
Nos aïeux attaqués dans un moment fatal,
D'un terrible combat sortirent avec gloire.
Le pays, à bon droit, en garde la mémoire.

Chabotte allait danser. Un air doux, le ciel beau,
Des visiteurs nombreux ; au-dessus du hameau,
Un mai long de cent pieds, arboré dès la veille ;
L'Abbé, le violon, tout allait à merveille.
Mais peu sont réunis, plusieurs dînent encor.
C'est plus tard que le bal doit prendre son essor.
Chabotte attendait ses enfants de La Plaine.
Bonnabel s'amusait dînant avec Dardène.
Et soit dit en passant, tous deux aimaient le vin ;
Ils ne se doutaient pas du tumulte prochain.
Or, c'est en ce moment que Saint-Laurent s'avance
Et que Chabotte seul est presque sans défense.

Saint-Laurent près de nous est un lieu populeux
Où cent fiers jeunes gens, toujours maîtres chez eux,
S'immiscent quelquefois dans les fêtes des autres.
Souvent leur œil jaloux se porta sur les nôtres.
Il est fameux le jour où ces hardis voisins
Fondirent sur Chabotte.... ils étaient quatre-vingts.
Lucas, étant l'Abbé, s'était mis à leur tête ;
Tous marchaient en bel ordre au son de la musette.
Ils vinrent droit au bal ; et Lucas, en entrant,
Salua notre mai d'un *Vive Saint-Laurent !*
Ce cri fut le signal d'une attaque subite.
Chabotte riposta sur-le-champ ; tout de suite,
On se pousse, on se frappe, on se prend aux cheveux.
Le courage doublait nos aïeux peu nombreux.
Ils luttent. Mais enfin, je le dis non sans peine,
Contre tant d'agresseurs la défense fut vaine.
Le mai fut abattu ; le terrible Poston

Enleva les rubans, Lucas le violon.
Et déjà les vainqueurs à travers le village,
Pour retourner chez eux, se frayaient un passage.
Chabotte de ses murs se faisant un rempart,
De cent traits en fureur lancés de toute part,
Inquiétait leur marche et suspendait leur joie.
Souvent même on parvint à leur barrer la voie.
Les braves échappés au massacre du bal,
D'autres venus au bruit du désastre fatal,
Les vieillards, les enfants, les femmes, les convives,
Firent sur l'ennemi de nobles tentatives.
Chabotte, en un mot, dans un commun transport,
S'honora, se montra digne d'un meilleur sort ;
Tels les Troyens vaincus, durant leur nuit dernière,
Quand les Grecs occupaient leur ville toute entière,
Se défendaient encore au seuil de leurs maisons,
Lançant sur eux des bois, des vases, des tisons ;
Et les vainqueurs, frappés de crainte et de surprise,
Sur les pavés tremblants de la ville conquise
Marchaient à pas comptés, et s'étonnaient de voir
Les suprêmes efforts d'un peuple au désespoir.

Malgré nos habitants, leurs amis et leurs hôtes,
Saint-Laurent en vainqueur put sortir de Chabottes.
Il marchait fièrement. Pour venger leur' affront,
Les vaincus ont besoin d'un secours fort et prompt.
Ce secours va venir : Bonnabel et Dardène
Amenant avec eux leurs voisins de La Plaine,
Couraient à l'autre bord du Drac épouvanté.
Chabotte, qui les voit, accourt de son côté.
Là, pris entre deux feux, sur ce fatal rivage,
Saint-Laurent au combat s'apprête avec courage.
Aussitôt il se montre en deux corps réparti,
Se présentant en face à son double ennemi.
Ils arrêtent Chabotte, ils attendent La Plaine.

La Plaine est arrivée ; et sans reprendre haleine,
Bonnabel voit celui qui tient le violon :
« Rends-moi cet instrument et prends-en la rançon. »
Il a dit et, d'un bras raidi par la colère,
Il a frappé Lucas ; Lucas roule par terre.
Le violon, au choc de ces deux ennemis,
Gémit, vole en éclats et n'est plus qu'un débris.
Bonnabel dilatant un souris sardonique,
Laisse Lucas meurtri dans sa chute tragique,
Observe le combat, et, d'un regard perçant,
Il cherche où le péril l'appelle plus pressant ;
Il voit sur tous les points un affreux pêle-mêle ;
Lui-même est attaqué par Garot et Gambelle ;
Il les terrasse, aidé du jeune Colombon.
Caton et ses trois fils, Laverne et deux Maron,
Trois frères Léauthier et Galand et Dondole,
Lacombe des Jacons, Nicolas, André Vole,
Vont d'un péril à l'autre en redoublant d'efforts.
Mais l'aveugle destin trahit souvent les forts ;
Devant un Myrmidon plus d'un hercule tombe.
La main d'un inconnu blesse notre Lacombe.
De son brillant renom dix ennemis jaloux
S'attroupent sur Dardène ; il les disperse tous.
Partout, dans la mêlée, il marque son passage,
Et sans cesse entouré, toujours il se dégage.

Poston, qui le cherchait, s'offrit à son regard.
Tous deux d'un même élan se mirent à l'écart.
Là, s'ouvrit un combat où la gloire incertaine
A presque mis Poston au niveau de Dardène.

Bonnabel est encore attaqué par Garrot ;
Il l'assomme et sur lui renverse Vergelot,
Ouvre par le milieu la foule qui l'encombre,
Frappe des deux côtés sans s'occuper du nombre,

Et traçant sur ses pas un horrible sillon,
Il se joint à Dardène, en lutte avec Poston.
Les deux rudes jouteurs, d'une égale constance,
Alternaient à l'envi l'attaque et la défense.
Poston, moins fort, plus dur, ne craignait aucun mal ;
Dardène s'étonnait de trouver son égal ;
Et tant de coups portés par son bras redoutable,
Ne pouvaient attérer ce lion indomptable.
Bonnabel survenant se place au milieu d'eux,
Fait cesser le combat, et, toujours généreux,
Il avertit Poston qu'il est temps de se rendre.
Poston, en ricanant, veut encor se défendre ;
Alors les deux amis, le roulant en faisceau,
Au lieu de le tuer, le jetèrent dans l'eau.
A ce coup Saint-Laurent avoua sa défaite ;
Il rallia son monde et battit en retraite.
On les vit de ce lieu s'éloigner à pas lents,
La plupart tout meurtris, débraillés et sanglants,
Laissant à leurs vainqueurs une bien chère palme.

Bientôt, quand de ses sens il eut repris le calme,
Bonnabel fit courir au milieu des vaincus,
Pour retenir chez lui ceux qui souffraient le plus.
Sa maison pour plusieurs devint hospitalière.
Lui-même à les panser passa la nuit entière.
Dardène dès ce jour, pour prix de sa vertu,
Fut du titre d'Abbé pour toujours revêtu ;
Depuis ce grand combat jusqu'au bout de son âge,
Il présida de droit aux fêtes du village.
On fut content de voir, après plus de vingt ans,
Ce vieillard couronné, parmi les jeunes gens,
Ayant l'œil toujours vif, le pied même encor leste,
Avec quatre cheveux qui flottaient sur sa veste.

Je vais, sans m'éloigner de mon pays natal,

Dire un autre combat vraiment original.
O jeune magistrat, qui gouvernes Chabottes (1),
Sais-tu de ta maison les vieilles anecdotes ?
Puisque mes vers souvent amusent ton loisir
En voici qu'à bon droit il me plaît de t'offrir.
Je veux de tes aïeux raviver la mémoire.
Ami, voisin, collègue, écoute cette histoire :

Une fois, en un temps que le Drac, à grands flots (2),
Coulait impétueux à travers ses îlots,
Un homme s'y noya. Son corps, selon l'usage,
Resta pendant trois jours couché sur le rivage.
Il fut bien vu, revu, puis enfin inhumé ;
Voilà que dès ce temps, dans les airs allumé,
Du soir jusqu'au matin, durant la nuit entière,
Un feu luisit souvent au bord de la rivière ;
Et de notre pays le public effrayé,
Dans ce mystique feu, vit l'âme du noyé.
Alors deux officiers, les frères d'Allaizette (3),
Venaient de recevoir leur brevet de retraite.
Ils habitaient ensemble aux Mazets, lieu charmant,
Par eux, par la nature embelli doublement.
Leur maison s'élevait en un point d'où la vue
Embrasse du Champsaur la plus belle étendue.
Et le Drac tour à tour tranquille ou furieux,
Sur de larges graviers, coulait devant leurs yeux.

Eux aussi virent donc la fatale lumière,
Ils virent du pays la crainte singulière.
Ils se piquaient tous deux d'avoir l'esprit plus fort ;

(1) Caffarel, ancien maire de Chabotte; il savait par cœur la
*Tallardiade* toute entière.

(2) Ce fait est historique.

(3) D'Allaizette ou de Glaizette.

Et tous deux se moquaient du public et du mort.

Un soir ces officiers, en signe de prouesse,
Montés sur deux chevaux d'une rare vitesse,
Vinrent, le fouet en main, s'approchèrent du feu,
Et pour le fustiger ils se mirent en jeu.
Le feu devant leurs coups roulant dans son orbite,
Va, vient, monte et descend ; on dirait qu'il s'irrite ;
Attiré, repoussé, frappé dans tous les sens ,
Il décrit autour d'eux des cercles menaçants.
Tantôt il fuit devant, tantôt il est derrière ;
Tantôt il se prolonge en sillon de lumière.
Les officiers surpris se regardent entre eux.
La peur en ce moment s'empare de tous deux.
Dans une fuite prompte ils mettent leur ressource.
O désespoir ! le feu les poursuit dans leur course.
En vain à toute bride ils lancent leurs chevaux ;
Le feu toujours plus vif est presque sur leur dos.
Au fond de leur maison la frayeur les emporte,
Et le feu seulement disparut à leur porte.
Les hommes accablés de fatigue et de peur,
Les chevaux haletants et trempés de sueur,
En ce grave accident tous revinrent malades :
Ainsi le ciel punit les folles incartades.

Il reste bien des faits à célébrer encor ;
Je n'ai fait qu'effleurer un quartier du Champsaur.
On le doit pardonner à ma muse vieillie.
Je tiens dès à présent ma tâche pour remplie.
J'ai beau m'évertuer et me ceindre les reins,
Ma verve est épuisée et mes efforts sont vains.
Plus jeune, on m'aurait vu dans les bals de Lafare,
Porter un front hardi, faire un beau tintamarre.
Là, souvent la discorde alluma ses flambeaux.
Saint-Bonnet y venait défiant ses rivaux.

14

Poligny, Brutinel, les Faraux, les Farelles,
Soutenant, embrouillant et vidant leurs querelles,
Faisaient mugir au loin d'un horrible concert,
Les rochers de Moutet et les bois de Beauvert.

Mais peut-être en contant tant de faits mémorables,
Mes vers auraient passé pour un recueil de fables.
Et loin que mon travail m'eût rendu de l'honneur,
Quelqu'un aurait crié : Haro sur le menteur.
Je finis ; mais pourtant un regret m'accompagne :
Je n'ai pas célébré la vogue d'Aubessagne,
Où le bal tous les ans est réputé si beau.
J'aurais pu m'égayer sur ce vaste plateau,
Dans le siècle dernier, fécondé par un sage (1);
A ce sage autrefois je portai mon hommage.
Il daigna m'accueillir d'une aimable façon.
Je fus heureux de voir l'ordre de sa maison,
Les eaux de son canal, les fruits de sa campagne,
Et plus que tous ses biens, j'admirai sa compagne.
Ils sont morts ; mais leurs noms devront rester sans fin.
Précieux souvenir! Quand le bon châtelain
Dépensait noblement ses soins et sa fortune
Dans le grand intérêt de la cause commune,
La noble châtelaine allait d'un autre soin
Porter dans le pays des secours au besoin ;
Elle multipliait ses saintes promenades
Pour voir les malheureux, pour soigner les malades.
Pour elle, un jour passé sans faire quelque bien,
Etait un jour aussi qu'elle comptait pour rien.

(1) M. Desheys, auteur du beau canal qui porte son nom.

FIN DES VOGUES DU CHAMPSAUR.

# PIÈCES

# FUGITIVES.

# LE CHÊNE DE CHAILLOL,

PAR UN ANCIEN SOUS-PRÉFET DE SISTERON.

*Le* Chêne de Chaillol *a été composé par l'auteur à la fin de sa vie, pour être comme un souvenir adressé à la ville de Sisteron, qui fut pour lui si bonne et si agréable pendant les huit ans de son administration (de septembre 1822 à septembre 1830).*

Salut, chêne futur, maintenant jeune tige,
Croissante dans un bois dont tu fais le prestige ;
Souvent je viens te voir, en sais-tu la raison ?
Le gland qui t'a produit naquit à Sisteron.

Ce gland fut apporté dans notre Sibérie [a].
Par celle qui faisait l'ornement de ma vie,
Dans un temps qui fut court... C'est quand, au nom du roi,

J'avais à Sisteron un honorable emploi.
Maintenant retiré dans ma pauvre campagne,
Par la cruelle mort privé de ma compagne,
J'occupe ma vieillesse à tirer de mon bien,
Pour moi, pour mes enfants, notre pain quotidien.
Et, quand j'ai travaillé, pour soulager ma peine,
Je vais me reposer à l'ombre de mon chêne.
Là, bientôt sommeillant sur un lit de gazon,
Je retourne en esprit aux murs de Sisteron.

J'arrive; mais avant de faire mon entrée,
Dans les champs d'alentour j'explore la contrée.
Sisteron, dans ses murs, n'est pas clos tout entier.
D'honorables forains grossissent son terrier.
Je salue, en passant, Burle à la Mignonette;
Lalaune à Saint-Didier, Barlet à la Casette.
Ces hommes du vieux temps, sur leurs terres assis,
Sont les vrais piédestaux de l'honneur du pays;
Je m'honore moi-même en leur rendant hommage:

Me voilà dans la ville et soudain à l'ouvrage.
Mon fidèle Martin, à son poste rendu,
Va reprendre avec moi son travail assidu (ʰ).
Moi, je reprends aussi mes anciennes allures.
Quand j'ai mis au courant toutes mes écritures,
Je passe tour à tour à travers Sisteron,
Des jardins de la Beaume aux rives du Jabron.
Chemin faisant, j'entends une voix qui m'appelle;
Et quelqu'un vient à moi.... C'est la bonne Mentelle (ᶜ),
Joyeuse de m'offrir, aux champs de Saint-Domnain,
Un raisin de sa vigne, un fruit de son jardin.

Non loin de là, Donnet construit une bastide (ᵈ).
J'y vais; et nous faisons un repas splendide:
Sa femme met la table, et sort tout à la fois,

Un litre de vin blanc, une assiette de noix.
Nous entrons dans l'enclos ; son père s'y dandine ;
Et deux jeunes enfants, anglaises d'origine,
Comme deux rossignols apprivoisés chez nous,
Chantent *ces vieux Esclots*, qui nous amusent tous (ᵉ).

Un jour je reste en ville, et je vais en personne,
Présenter mes saluts au chevalier de Bonne (ᶠ).
Je mets à très-haut prix le plaisir de le voir.
En lui l'art de narrer égale le savoir.
Son langage abaissant les plus hautes matières,
Je demeure étonné d'y voir par ses lumières.
Il est couché, malade, et dans notre entretien,
S'agit-il de son mal, il en parle en chrétien.

Mon songe se dissipe et son erreur me laisse
Tout seul avec moi-même, en proie à la tristesse.
Ma constance un moment fait défaut ; et mon cœur
Eprouve le besoin d'épancher sa douleur.
« Toi qui me fus si chère, ô ma bonne Sophie,
« Trente ans fidèle épouse, autant que tendre amie,
« Tu n'es plus avec moi ! pourquoi m'as-tu quitté ? »
Bénissons du bon Dieu la sainte volonté.

J'ai pleuré ; je reprends. Les chênes de Dodone,
Longtemps restés fameux, n'ont plus rien qui m'étonne.
Un miracle pareil s'opère dans mon bois,
Mon jeune chêne aussi me parle à haute voix.

Il me redit les noms des *Gombert*, des *Laplane*,
Des *Imbert*, des *Ducros*, des *Roman* et des *Bane*,
De bien d'autres encor.... Huit ans passés chez eux
Ne durèrent pour moi que comme un jour heureux.

Là, vivait *Mevolhon*, vieillard toujours aimable,

Qui plaisait au salon et qui plaisait à table ;
Doué d'un vrai savoir, plein d'esprit et de goût,
Il savait, en causant, nous amuser de tout.
Deux jours avant sa mort, malgré sa maladie,
Il voulut m'égayer d'une plaisanterie (ᵍ).

A très-juste raison Sisteron s'applaudit
D'avoir un écrivain sagement érudit.
Hérodote local, son nom et son ouvrage
A la postérité passeront d'âge en âge,
Et parmi les honneurs dus à l'historien,
On lira sur son marbre : Il fut homme de bien.

Là, j'ai connu beaucoup un brave militaire,
Ami de son pays, généreux, populaire,
Qui depuis s'est créé de pénibles labeurs.
Combien j'ai déploré ses dernières erreurs !
Je le suivais des yeux. Dans une crise extrême,
J'ai souffert de son mal ; car on l'aime quand même.

Je songe avec respect à notre ancien curé.
Son nom doit à jamais être un nom révéré.
C'est en faisant le bien qu'il passa sur la terre.
Couronnons d'une fleur sa pierre tumulaire.
Avec ce bon pasteur je me trouvai souvent ;
Nous allions visiter notre jeune couvent.
Là, s'ouvrait une école où les sages familles
Se faisaient un devoir de faire entrer leurs filles.
Là, régnait la vertu. Nous souhaitions tous deux
A cette œuvre naissante un avenir heureux.
Je viens, après trente ans, pieuses Trinitaires,
Demander une part dans vos bonnes prières.

Salut au Commandant de notre petit fort (ʰ).
Il marchait avec moi dans un parfait accord.

Parfois il nous plaisait de sortir de la ville,
Pour jouir du repos dans son jardin tranquille,
Où souvent une fleur, un papillon, un rien,
Nous était un sujet d'agréable entretien.
Alors nous pensions peu qu'une noire tempête
Allait nous séparer en crevant sur ma tête.
Je fus frappé. Le coup était bien mérité ;
Tout le monde comprit ma culpabilité.

J'eus un tort plus réel dans cette conjoncture :
Je fis à Sisteron une sorte d'injure.
Au milieu de la nuit je partis en secret.
J'ai puni ce faux pas par vingt ans de regret.
Ah ! je devais aller dans leurs maisons amies,
Avec mes bons voisins, sceller nos sympathies ;
Leur faire mes adieux et leur dire en partant :
« Vous serez dans mon cœur après comme devant. »

Sisteron à bon droit peut vanter sa fontaine.
Bonnes eaux du Jallet ! admirable Hippocrène !
On l'a dit ; et j'y crois : Tes secrètes vertus
Fécondent le pays d'un peuple de Linus.
Oh ! combien d'amateurs ! quelle belle musique !
Elle excella surtout dans la fête publique,
Où *Gale*, avec honneur, recevait, jeune encor (¹),
Des mains du Sous-Préfet, une médaille d'or ;
Où le plaisir bientôt, gagnant toutes les âmes,
M'apparut si flatteur sur le front de nos dames ;
Et dans ce bruit joyeux qui vint plus d'une fois,
Pendant que je parlais, interrompre ma voix.
Je couronnais le fils ; la mère était présente ;
Et des larmes baignaient sa figure riante.
Pour que ce jour me fût agréable entre tous,
J'avais auprès de moi *Ventavon* et *Bonthoux*,

Le lauréat enfant qui, dans cette séance,
D'une belle action reçut la récompense,
Qu'a-t-il fait, étant homme ? Il a réalisé
L'avenir pour lequel il fut préconisé.
Utile citoyen, bon époux et bon père,
Ses jours coulent en paix, son soleil est prospère.
Moi, charmé de lui voir un visage serein,
Je hâte mes vieux pas pour lui serrer la main.

Mon chêne aussi me dit ces prêtres de Valence
Qui prêchèrent chez nous, avec tant de puissance,
La grande mission que j'osai dessiner (ⁱ).
Dans sa chaire leur chef se remet à tonner.
J'entends encor la voix de cet autre Bridaine.
Il parle ; en l'écoutant nous respirons à peine.
Fréquemment sa parole éclate par des mots
Qui nous portent le trouble en la moelle des os.

Ses sermons, chaque jour, progressaient l'un sur l'autre.
Son port, son front, ses mœurs, tout est d'un saint Apôtre ;
Et d'abord quelques-uns, puis plusieurs, enfin tous,
Devant son tribunal nous tombons à genoux.
O bons Sisteronnais, avez-vous souvenance
De vos pleurs, de vos cris, de votre deuil immense,
Quand ces hommes divins, des portes du saint lieu,
Passèrent dans la ville en nous disant adieu ?

Après la mission, et pour y donner suite,
Vint un autre orateur, un modeste jésuite (ᵏ),
Jeune encor, mais doué d'un talent déjà mûr ;
Nul ne parla jamais un langage plus pur.
Dans notre église encor sa voix faisait merveille ;
Mon chêne, avec bonheur, le rend à mon oreille.

Je n'en ai pas besoin pour retrouver ton nom,

Cher *Lèbre*, docte abbé, l'ami de ma maison [1];
Si le ciel eût daigné recevoir tes prières,
Je n'aurais pas vidé tant de coupes amères.
Je ne puis t'oublier,.... ni toi, dernier ami [m],
Venu dans Sisteron quand j'en étais parti.
En visitant deux fois mon asile champêtre,
Tu m'as rendu plus tard heureux de te connaître.
Ton cœur et ton esprit m'ont si bien convenu !
Je crois que je t'aimais avant de t'avoir vu.
Tu m'aimes en retour, je m'en fais une gloire.

*OEuf* aussi restera toujours dans ma mémoire ;
Médecin éclairé, prudent, officieux,
Il exerçait son art en ami gracieux.
A ces titres, son nom fut inscrit sur ma liste.
Mais mon œil s'obscurcit et mon âme s'attriste,
Je demeure frappé d'une réflexion :
Tant d'hommes distingués dont j'ai fait mention,
Où sont-ils maintenant ? passons-les en revue.
Hélas ! j'ai fait l'appel, quelle déconvenue !
La mort, dans la futaie, a promené sa faux,
Il n'est resté sur pied que quelques baliveaux ;
Et ces restes demain disparaîtront encore ;
Et moi, comme eux, je touche à ma dernière aurore.
Sur mon chemin mauvais, je porte à pas pesants
Quinze lustres bientôt aggravés de quatre ans.
J'arrive à ces confins qu'on ne dépasse guère ;
Venez donc, mes enfants, écouter votre père :
« Quand je ne serai plus, d'un soin toujours croissant,
« Cultivez, honorez mon chêne adolescent.
« Employez tout votre art à féconder sa sève,
« Rendez libre l'espace où sa tête s'élève.
« Enfant de mon bosquet, il en sera le roi.

« Toujours sacré pour vous, comme il le fut pour moi,

« Que son ombre vous soit telle qu'un sanctuaire
« Où vous irez bénir le nom de votre mère.
« J'espère qu'à ce nom le mien viendra s'unir.
« Tous deux nous vous aimions. Que notre souvenir
« Soit gravé dans vos cœurs plutôt que sur le marbre.
« Et souvent en famille, assemblés sous notre arbre,
« Lisez mon testament. Il est dans les avis
« Que Tobie, en mourant, adressait à son fils. »

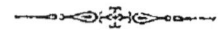

*La pièce de vers de M. Faure, de Chaillol, en inspira nne autre à un officier du 57ᵉ de ligne, en garnison à Gap, natif de Sisteron, qui, quoique éloigné depuis longues années de sa ville natale, lui avait voué un culte particulier. Lire la pièce de vers de M. Faure et celle de M. Basset et s'abandonner aux impressions qu'elles éveillent, c'est se reporter un moment au souvenir des jeunes années que l'on regrette, alors même qu'elles ont été agitées et mêlées de peines.*     (Note des Éditeurs.)

Salut, noble vieillard, barde de ton bocage !
Poëte comme toi, je n'ai pas ton grand âge :
Quinze lustres complets et trois ans révolus.
Je n'ai pas tes longs jours, et je ne chante plus.

A peine un demi-siècle a passé sur ma tête,
Mais plein comme mille ans d'orage et de tempête,
Et déjà la vieillesse a glacé tous mes sens.
Or l'hiver, tu le sais, l'oiseau n'a plus d'accents.

Mais voilà donc qu'un ange ou démon me conseille,
Et ma muse jalouse à l'instant se réveille,
Et veut à ta couronne arracher un fleuron,
Et chanter avec toi ton chêne et Sisteron.
Souffre donc que ma voix se marie à la tienne.
Ne crois pas que ton chêne à toi seul appartienne ;
Dussé-je te forcer dans ton dernier rempart,
Autant et plus que toi j'y prétends avoir part.
Ce langage sans doute a lieu de te surprendre ;
Ce que tu ne sais pas, je m'en vais te l'apprendre :
Ton grand âge t'a fait un esprit juste et droit.
Or, tu sais, il n'est point de droit contre le droit.
Le mien, c'est la raison. Pour juger de mon titre,
J'en appelle à ton cœur que je prends pour arbitre :
Si j'aime comme toi ton chêne fortuné,
C'est qu'il a pris naissance aux lieux où je suis né ;
Que le gland, son principe et sa cause première,
Naquit à Sisteron où j'ai vu la lumière ;
Cité que je poursuis de regrets complaisants,
Et qui m'est chère encor comme à mes premiers ans.
J'ai dit. Toi, maintenant, pèse, juge, prononce...
Mais mon cœur a déjà deviné ta réponse ;
Je ne me trompe point : Tous mes droits sont admis
Et moi-même, avec eux, au rang de tes amis.

Je ne sais quel instinct à ton culte m'enchaîne.
Je veux aller m'asseoir à l'ombre de ton chêne,
Le voir, le consulter, et m'inspirer de lui.
Un doux rayon d'espoir à ma pensée a lui,
Que, pour moi, répétant ses complaisants miracles,

Il me révélera comme à toi ses oracles ;
Qu'il m'apprendra, mêlant et la joie et le deuil,
Quel ami vit heureux ou dort dans le cercueil ;
Car l'homme habite, hélas! un monde périssable
Où le pied le plus sûr disparaît sous le sable.
Oui, je veux l'invoquer avec tant de ferveur,
Que je l'égalerai, du moins, dans sa faveur.
Il me dira ce temps de croyance si vive
Dont tu te fis orgueil d'être le Tite-Live,
Si le Sisteronnais, aux beaux arts assidu,
Du trône où siége Euterpe enfin n'est descendu,
S'il enfante toujours de ces sons symétriques
Qui portent dans le cœur des frissons électriques ;
Et rival de lui-même, enfin, par échelon,
S'il ne s'est point haussé jusqu'auprès d'Apollon.

Des choses du passé, de l'époque présente
C'est peu de me parler. Il faudra qu'il consente
A me parler encor de l'obscur avenir,
Car, sans doute il a don de s'en entretenir ;
Mon cœur à cet espoir tout entier s'abandonne,
Plein de l'antique foi des chênes de Dodone.

O fortuné vieillard! qui t'a fait ce destin
D'être au soir de tes jours ainsi qu'à leur matin?
Comment as-tu gardé ce goût, cette harmonie,
Cette inspiration, doux éclair du génie,
Cette facilité, naturel abandon?
Talent qu'on n'acquiert point, qui du ciel est un don.
Heureux qui, comme toi, sur le déclin de l'âge,
Joint la jeunesse d'âme à la raison du sage !

Plus qu'un autre, un poëte a des pressentiments
Parfois justifiés par les événements.
Mieux qu'un autre, il jouit d'un sens devinatoire

Pour percer l'avenir, domaine de l'histoire ;
Qui le croirait? Pourtant, c'est une vérité.
Son verbe tombe et meurt sans nulle autorité ;
Il parle dans ce monde un obscur dialecte ;
On est sourd à sa voix ; sa parole est suspecte ;
Son langage est proscrit ; on ne le comprend plus,
Sauf quelque esprit de choix et quelque cœur d'élus.

Et bien, daigne souffrir, toi, qu'un frère, un poëte,
Te révèle aujourd'hui de sa voix de prophète,
Ce que tu ne sais pas, ce qui fait ton souci ;
Ce que bien mieux que moi pourra te dire aussi
Ton arbre adolescent, ton prophétique chêne.
Mais quoi ! ta suprême heure, est-elle si prochaine ?
Te crois-tu donc déjà sur ce dernier confin
Qu'on ne peut, nous dis-tu, guère franchir enfin.
Non ! tu n'es pas au terme encor que Dieu t'assigne ;
Ton chêne de Chaillol n'est pas le chant du cygne ;
Crois-moi donc, vis en paix, laisse tes jours couler,
Lachésis garde encor pour toi de quoi filer.

# ÉPITRE A MES VERS

*(Réponse à M. Basset.)*

De ma muse alpicole, enfants infortunés,
Mes vers, autour de moi, vous êtes des morts-nés;
Jamais sur ces hauts monts, en des climats si rudes,
Apollon n'a choisi le lieu de ses études.
Pour vous, l'air de Chaillol n'est point un air vital.
Vous tombez, en naissant, dans un oubli fatal.
Le public vous ignore; et le maître d'école
Ne reconnaît en vous qu'une race frivole,
Qui parlez un jargon factice, entortillé,
De mots mis à l'envers fréquemment chevillé.
A peine il vous comprend; et le curé lui-même,
Pour avoir plus tôt fait, vous laisse sans baptême.

C'est en vain que j'ai lu Delille et Saint-Lambert,
En vain j'ai su par cœur le Lutrin et Vert-Vert,
En vain suis-je l'auteur de la Tallardiade,
On me prendrait ici pour un cerveau malade,
Si j'allais vous montrer avec vos bouts rimés,
Et dans l'état de gêne où vous êtes formés,
Etendus deux à deux, d'une mesure juste,
Sur un lit douloureux, comme au temps de Procuste.
Etonnés de vous voir, les habiles du lieu
Donneraient le conseil de vous jeter au feu.

« Pourquoi ces tours forcés et ces lignes pareilles,
« Dont tout l'effet consiste à porter aux oreilles
« Un sourd bourdonnement, un monotone son,
« Qui provoque à dormir comme on dort au sermon ?
« Peste soit de cet art ! c'est celui des grimaces.
« Quand le chemin est libre, à quoi bon des échasses ? »

Que dis-je ? ce discours n'y peut être tenu.
Nul esprit, jusque-là, n'est encor parvenu.
En leur attribuant un avis, je me trompe.
Quand je ferais au loin crier à son de trompe,
Que des vers beaux et bons sont nés nouvellement,
Personne ne viendrait pour les voir un moment;
Et fussiez-vous vingt fois lus en place publique,
Vous n'obtiendriez pas l'honneur d'une critique.

De là vient la torpeur où je suis enlacé.
Aux œuvres de l'esprit j'ai presque renoncé.
Dans cette région sans lettres, sans étude,
Du culte des neuf sœurs j'ai perdu l'habitude ;
Avec ses vieux harnais, relégué dans son coin,
Mon Pégase n'est plus honoré d'aucun soin.

Je travaille à l'égal des hommes du village.
Je suis vêtu comme eux, je parle leur langage;
Et quand nous assemblons nos comices locaux,
Moi, je n'empêche pas qu'on n'y soit tous égaux.
Mon front n'est pas plus haut, ma voix n'est pas plus forte;
Et ce n'est pas pour moi qu'on ouvre double porte.
Heureux si quelque fat, bridé comme un oison,
N'y vient pas gravement me faire la leçon,
Et dire, en plein conseil, dans sa forme hébétée,
Que telle question *dépasse ma portée.*

Sur la table où j'écris, tout est mis à l'envers.

15

Et mes livres oiseux sont rongés par les vers.
Chaillol et l'Hélion sont entre eux sans commerce.
Un regret m'en revient : ( c'est le seul que j'exerce ).

En venant au hameau, que n'ai-je rencontré ,
Comme Boileau l'a dit, un censeur éclairé !
Si, quand j'étais encor dans la force de l'âge ,
Le ciel avait ainsi doté mon voisinage ,
Mon génie excité par ce puissant ressort,
Aurait pu se hisser, et d'effort en effort,
Parvenir aux honneurs du temple de mémoire ,
Et jouir, sur ces monts, de plus ou moins de gloire.

Privé d'un tel appui, dans mon isolement,
J'ai laissé s'écouler mes jours nonchalamment.
Et le peu que je fais tombe et meurt dans le vide,
Comme le grain semé sur une terre aride.

Le jour que je voulus, dans cette région,
Inaugurer mon chêne issu de Sisteron,
Je vins, silencieux, à son pied solitaire ,
M'inspirer en secret de sa sève étrangère.
Pendant ce jour entier, aux confins de mon bois,
Barde du mont Chaillol, j'ai fait ouïr ma voix.
Ma voix a retenti jusque dans la Provence ,
Et mes proches voisins n'en ont pas connaissance.

Votre vie, en ces lieux, est semblable à la mort ,
Mes vers ; il faut ailleurs chercher un autre sort.
Il faut vous délivrer du péché d'origine ,
En vous réfugiant dans la cité voisine.
Là, du moins, dans le monde il sera constaté
Qu'en un temps, bien ou mal, vous avez existé.
Là vit un amateur sous l'habit militaire.
Allez, animez-vous du désir de lui plaire.

Basset chez Apollon est reçu mieux que moi.
Il est dans le bel âge, et sa verve en fait foi.
Par une expression richement cadencée,
Il sait, poëte aimable, énoncer sa pensée.
Il a plus d'un mérite, outre ses vers charmants,
On s'accorde à louer ses nobles sentiments.
Dans son *Dîner du pauvre* on l'admire; il sait plaire (n)
Par l'aspect vertueux qu'il donne à la misère.
Et par son tendre *Appel fait à la Charité*,
Bien des cœurs ont vibré de bonne volonté.
Honneur à sa belle âme! honneur! je le répète.
Il est compatissant autant qu'il est poëte.

Pour mériter bientôt qu'il soit votre patron,
Mes vers, en arrivant, acclamez Sisteron.
Fréquentez sa famille, empruntez-en les charmes,
Vivant avec les siens, vous serez frères d'armes.
Estimez ses conseils, et, sur un meilleur sol,
Cultivez avec lui mon chêne de Chaillol.
Sa muse à notre égard n'est pas indifférente.
Il vient de m'en donner une marque touchante :
Ses vers ont de mon arbre ennobli le destin,
Et, si j'en fus le père, il en est le parrain.

Voilà donc entre nous une vraie alliance.
Il s'est fait mon compère et j'ai la confiance,
Qu'il viendra visiter son filleul provençal;
J'en éprouve d'avance un plaisir sans égal.
Alors nous parlerons du lieu de sa naissance,
Des rives où le Buëch entre dans la Durance.
Alors, à Sisteron, nous offrirons de loin
Nos vœux; le mont Chaillol en sera le témoin.
Et, quand nous dînerons, le barde capitaine
Suspendra son épée au tronc de notre chêne.

# NOTES

## DU CHÈNE DE CHAILLOL.

(ª) Le pays de Chaillol, mis en regard de celui de la Provence, peut, sans injure, être qualifié de Sibérie.

(ᵇ) M. Martin, secrétaire de la Sous-Préfecture de Sisteron, était d'une assiduité peu ordinaire. Pendant huit ans qu'il a travaillé avec moi, il ne s'est pas absenté un seul jour dont je me souvienne. Je n'eus qu'à me louer de ses services et de son bon attachement.

(ᶜ) La Mantelle était une bonne femme du peuple, habituée, elle et ses enfants, à venir à la Sous-Préfecture, où elle se rendait agréable par ses petits services et par sa grande honnêteté.

(ᵈ) M. Donnet, receveur de l'enregistrement à Sisteron, était marié sans enfant, avec une dame anglaise, ayant avec elle deux jeunes nièces, qu'elle élevait avec un grand soin.

(ᵉ) Ces *Vieux esclots* sont le sujet d'une chanson provençale, d'une naïveté charmante, que nous faisions souvent chanter par nos petites anglaises.

(ᶠ) M. de Bonne, ancien officier de marine, homme d'un mérite plus remarquable qu'il n'a été remarqué. Il vivait un peu hors du monde, soit par goût, soit à cause de sa mauvaise santé.

(ᵍ) M. l'abbé Mevolhon, prêtre oratorien, sans fonctions depuis

‚plusieurs années, était un savant de charmante société. Lorsqu'il allait mourir, j'allai le voir. Je le trouvai assis dans un fauteuil et très-fatigué. Il me fit asseoir près de lui et je lui demandai comment il se trouvait. Il me répondit, en souriant : Je suis comme ce malade qui venait de se confesser et à qui son confesseur dit, en le quittant : Mon frère, vous ne pouvez pas faire de longues prières en l'état où vous êtes, mais vous devez en faire de courtes. Adressez-vous souvent à Dieu, et dites-lui, par exemple : *Domine, salvum fac regem;* Seigneur, ayez pitié de mon âme.

(ʰ) M. Cugnot de Bellot, alors lieutenant du roi à Sisteron.

(ⁱ) M. Galle, fort jeune encore, sauva, en 1828, deux militaires qui allaient périr dans la Durance. Outre la médaille d'or, il entra, sans surnumérariat, dans l'administration des contributions indirectes. Il est aujourd'hui receveur à cheval à Sisteron.

(ⁱ) La Mission donnée à Sisteron, en 1825, produisit un effet prodigieux. J'essayai d'en écrire la relation dans une lettre imprimée à Gap, qui eut aussi beaucoup de vogue pour le moment.

(ᵏ) Le Père Chanon, jésuite de la maison de Forcalquier.

(ˡ) Vicaire de la paroisse à Sisteron, aujourd'hui curé à Ville-Vieille, près d'Entrevaux.

(ᵐ) M. Pellegrin, natif de Lyon, marié à Sisteron, après mon départ, dans une famille très-liée avec la mienne.

(ⁿ) Le *Diner du pauvre* et l'*Appel à la Charité* sont deux pièces de vers de M. Basset, publiées par l'*Annonciateur*, durant l'hiver de 1855-1856.

# LA RÉVOLUTION

## DE 1848.

Le demi-siècle allait s'accomplir dans deux ans.
En France nous vivions en paix, quasi contents,
Quand, au cœur de l'hiver, l'émeute frénétique,
Pour la seconde fois, nous mit en République.
Plus de trône ; et le roi constitutionnel
Fut obligé de fuir par le même tunnel
Où le Roi légitime avait sauvé sa vie.
Février et juillet iront de compagnie.
Par les mêmes moteurs, au bruit des mêmes cris,
Deux rois du même rang sont tombés, sont proscrits.
Entre ces deux malheurs, égaux en apparence,
Il existe pourtant certaine différence.

La jeune République, avorton grimaçant,

Sur les débris d'un trône autrefois si puissant,
De trouble et de terreur anime ses allures,
Et, sur ses dissidents, se répand en injures.

La Liberté, bientôt, et la Fraternité,
Ne formant qu'un seul corps avec l'Egalité,
Renaissent de leur cendre ; et l'idole à trois têtes
Est accueillie au bruit des salves et des fêtes.
Nous voilà désormais libres, frères, égaux ;
Et nos blés plus hâtifs vont devenir plus beaux.
Vive la Liberté ! C'est par là qu'on nous berne.
La France folle en fait son Teutatès moderne.
L'ordre étant publié de planter, en tout lieu,
Des arbres, des drapeaux, en l'honneur du faux dieu,
Le peuple y court en foule et nos prêtres eux-mêmes,
Pris dans l'entraînement, bénissent ces emblèmes :
Mais le soleil, hâlant leur bénédiction,
Vengera l'affront fait à la religion.
Tous ces arbres plantés d'une main convulsive
Perdront, dès le printemps, leur sève nutritive.
Jadis aux mêmes lieux, les premiers Jacobins
Plantèrent à foison chênes, ormes, sapins.
Mais, trempés dans le sang de victimes sans nombre,
Ce fut un bois maudit.... On évitait son ombre.

Bientôt Ledru-Rolin, flanqué de Louis Blanc,
Entre les grands du jour, se hisse au premier rang.
Dupont, Crémieu, Carnot, Arago, Lamartine,
Ont les mêmes pouvoirs; mais c'est lui qui domine.
Sans en prendre le nom, il se fait dictateur.
Il promet au pays une ère de grandeur,
Et, pour réaliser ses programmes sublimes,
Demande seulement quarante-cinq centimes.
Tel fut le coup d'essai de ce maître nouveau.
Sur les deniers publics il jette son réseau.

Un républicain seul, plus coûteux que dix princes,
Dès son entrée en scène, écume nos provinces;
Déjà, pour attirer plus de regards sur soi,
Son fessier s'ajustait aux voitures du roi.
Cet ardent démagogue altérant son civisme,
Osait prendre en public des airs de royalisme;
Sur ces chars de haut bord, son croissant embonpoint
Se mesurait à l'aise et s'y trouvait à point.

Le tableau du présent rappelle à la mémoire,
De nos anciens malheurs la lamentable histoire.
On croit revoir Marat, Robespierre et Danton.
Les clubs ressuscités avaient repris leur nom.
De nouveaux Jacobins, sous le nom de voraces,
Proféraient dans Lyon de sanglantes menaces.
Troupe ignoble, aspirant à d'horribles exploits,
Ils auraient surpassé ceux de nonante-trois;
Et Lyon, si le ciel n'eut trompé leur furie,
Aurait repris son nom de *Commune affranchie*.

Les socialistes, pleins de leurs songes cornus,
Avaient hâte de voir tous les biens confondus.
Violents contempteurs des choses établies,
Ils voudraient sur la terre implanter leurs folies.
Bientôt, si le succès couronnait leurs complots,
Nous serions acculés dans la nuit du chaos.

Ledru-Rolin, monté sur sa chaise curule,
S'occupait, d'une part, à grossir son pécule.
De l'autre, il attisait la fureur des partis.
Son geste et sa parole agitaient les esprits.
Les clubs avec transport lisaient ses circulaires,
Et la terreur marchait avec ses commissaires.

Français, concertons-nous. Voici venir le temps

De procéder au choix de nos représentants.
Notre avenir est tout dans l'urne électorale.
Puisse-t-elle bientôt confondre la cabale,
Et les plans criminels de tant de novateurs
Qui ne savent créer que troubles et malheurs.

Le ciel en soit béni ! Les votes de la France
Font reluire à nos yeux un rayon d'espérance.
Si des choix sont douteux, le grand nombre étant bon,
Peut tenir en échec la révolution.
Voilà que leur début nous est de bon augure :
Ledru-Rolin, par eux, va perdre sa pâture ;
Et l'ogre furieux, voulant s'y maintenir,
Fera plus qu'il ne faut pour se faire bannir.
On apprend qu'il a fui. C'est bien, mais nos centimes !
Il les garde. Ce sont ses dépouilles opimes.
L'exil va fomenter sa folle ambition.
Il pourra s'y mouvoir suivant l'impulsion
Du virus infernal contenu dans son âme,
Et son nom s'inscrira sur une liste infâme.

Ce démagogue ôté, tout n'est pas sauf encor.
Un creuset où le plomb gâte le prix de l'or,
De nos représentants figure l'Assemblée.
Un jour, d'un grand scandale elle sera troublée.
Oserons-nous le dire : En nos jours, une voix
A revoté la mort du plus juste des rois !
Un homme ! Non, un tigre, atteint d'hydrophobie,
De ce crime sauvage a fait l'apologie.
Et le voile du temple, à cet excès d'horreur,
A dû se fendre encor sur toute sa hauteur.
La République même en fut épouvantée.

Cependant, sur les flots d'une mer agitée,
Le vaisseau de l'État, conduit non sans effort,

Vogue, entre des écueils, sans trouver aucun port.
Tous les vents mutinés, soufflant en sens contraire,
Sur lui, semblent du ciel exercer la colère.
Sinistre destinée! Emeutiers de Paris,
De vos folles ardeurs voilà le digne prix.
La France est suspendue au bord du précipice.

Il nous reste pourtant une chance propice :
Nous avons devant nous Louis-Napoléon ;
De la chose publique il a pris le timon.
Les hommes et les temps, chez lui, sont à l'étude.
A quelque grand dessein on dirait qu'il prélude.
Au-dessus du péril son génie élevé
Peut seul sauver l'État.... Tout juste, il l'a sauvé.
La République tombe ; et, grâces à l'Empire,
L'ordre se rétablit, et la France respire !...

# STANCES

INSPIRÉES PAR LE DISCOURS DE BORDEAUX.

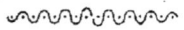

Je ne suis plus octogénaire ;
Napoléon m'a rajeuni.
Il a des conquêtes à faire :
J'y vais marcher droit comme un I.

Il a fait ouïr sa parole,
Le jour qu'il était à Bordeaux.
Nous en ferons notre symbole :
Nous avons foi dans tous ses mots.

A son appel tout cœur honnête,
En grand émoi, s'est réjoui ;
Moi, vieillard, j'ai levé la tête,
En criant : « Prince, me voici. »

Oui, qu'il rétablisse l'Empire.
Nous serons ses féaux sujets.
Son règne seul peut reproduire
Le bonheur, la gloire et la paix.

Serrés autour de sa personne,
Soyons-lui sa garde d'honneur.
Et, devant nous, que tout résonne
Au cri de « *Vive l'Empereur !* »

Que si jamais, hors de la France,
Il nous survient quelque ennemi,
Son bras prendra notre défense
Et ne sera pas engourdi.

Aussitôt l'aigle impériale
Remontera sur l'horizon,
Et volera toujours égale,
A la hauteur de son renom.

Fi des faiseurs de républiques,
Promettant tout, ne tenant rien.
Ils sont, dans leurs plans politiques,
Aux antipodes de tout bien.

# VOTE DU 21 NOVEMBRE 1852.

En ce jour solennel, entrons dans nos comices.
Allons, et, pour prix du plus grand des services,
Portons sur le pavois Louis-Napoléon.
Par sa haute sagesse, il a sauvé la France.
      Notre reconnaissance
Doit monter éclatante au niveau de son nom.

    La mer était houleuse. Une vague en furie
S'avançait ;... elle allait engloutir la Patrie.
Nous devions y périr. Mais un homme fut là !
LOUIS-NAPOLÉON leva sa noble tête ;
      Sur l'affreuse tempête
Il fit tonner sa voix, et le flot recula.

    Il a sauvé la France, il en sera le maître.
C'est dans ce grand dessein que le ciel l'a fait naître.
C'est du peuple Français le vœu le plus ardent.

Electeurs, hâtez-vous ; que tout le monde arrive,
    Et que chacun écrive :
Oui ! Oui ! que l'Empereur succède au Président.


Sans lui nous aurions vu l'hydre de l'anarchie
Enfanter la terreur, le meurtre et l'incendie.
Il a des Spartacus renversé les complots.
Jeune et fier, d'un pas ferme, il marche dans sa voie,
    Et la France, avec joie,
A reconnu dans lui l'héritier d'un héros.


Loin de nous ces rêveurs de folles utopies !
Ces sordides félons, ces voraces harpies
Qui s'allaient disputer le pays en lambeaux.
L'Elu national, en relevant l'Empire,
    Va clore leur hégire ;
Et le ciel bénira son nom et ses travaux.


Napoléon le Grand lui prête son égide.
Son ombre le protége et son esprit le guide.
Il lui prescrit d'aimer la grande nation.
« Féconde, lui dit-il, tout ce qu'elle a de vie :
    Active son génie,
Et fais ainsi grandir l'honneur de notre nom. »


Il l'a dit : il rendra la France heureuse et grande.
Que son règne sur nous s'affermisse et s'étende ;
Le sceptre impérial sied à ses dignes mains.
La France est satisfaite et le monde est tranquille.
    Un nautonnier habile
Gouverne le vaisseau qui porte nos destins.


Gloire à son pavillon ! Le fleuve populaire
Renforcé d'affluents qui se perdaient naguère,
Le porte sur son flot, d'un cours majestueux.

On voit avec bonheur sa marche triomphale.
    Et l'aigle impériale,
Sous son aile imposante, abrite tous nos vœux.

  D'un brillant avenir saluons la promesse.
Tous les cœurs sont acquis au trône qui se dresse,
Où va monter celui qui fut notre sauveur.
La France toute entière, en cette heureuse attente,
    S'agite, impatiente
De l'acclamer aux cris de « *Vive l'Empereur!* »

# NAISSANCE DU PRINCE IMPÉRIAL,

## *16 mars 1856.*

Quels sont ces cris ? D'où vient tant de réjouissance ?
Le canon nous l'a dit.,.. Salut au Fils de France !
Auguste et cher enfant, tu combles nos souhaits.
Oui, ta venue au monde est pour nous un augure
      Où le ciel nous assure
      Le cours de ses bienfaits.

Par toi, dans l'avenir, le règne de ton père
Sera continué glorieux et prospère.
Alors on t'aimera comme on l'aime aujourd'hui.
Rien ne sera changé dans le pouvoir suprême ;
      Ses vertus dans toi-même
      Revivront après lui.

Puissent les vents porter à l'auguste Eugénie,

De nos joyeux transports l'éclatante harmonie !
Il lui plaira de voir notre unanimité.
Nous n'avons qu'un seul cœur, qu'une même parole,
     Pour bénir l'auréole
     De sa maternité.

Entourons de nos vœux cette mère charmante.
Qu'elle soit parmi nous cette vigne abondante
Dont le Seigneur bénit et conserve le fruit,
Et qu'elle voie un jour, à sa table joyeuse,
     Sa famille nombreuse
     Former un grand circuit.

Fils de Napoléon, entre au seuil de la vie ;
Les peuples et les rois, l'Europe t'y convie.
Tout concourt à grandir ton glorieux destin.
Dieu t'aimera. Du haut de sa divine chaire,
     En naissant, le Saint-Père
     T'a béni de sa main.

Une reine du nord, fille de notre EUGÈNE,
Se dispose à remplir l'office de marraine ;
Ainsi donc, le filleul sera joint au cousin ;
Et pour que rien ne manque à l'auguste baptême,
     Le Pontife suprême
     Y sera le parrain.

Les hauts représentants des plus grandes puissances,
Du congrès de Paris suspendent les séances,
Pour visiter ensemble un enfant au berceau.
Honneur au nouveau-né ! cette illustre visite,
     De la paix qu'on médite
     Est un gage nouveau.

D'un rameau d'olivier qu'on tresse sa couronne !

Qu'en olivier aussi le sceptre qu'on lui donne,
Pour le bonheur de tous, fleurisse dans ses mains.
Assez de monuments, élevés par la gloire,
  Illustrent notre histoire
  Sur de nobles terrains.

Il arrive des cas qui commandent la guerre ;
Mais bientôt de la paix le retour salutaire,
Même chez les vainqueurs, excite un saint désir ;
Que la paix se publie, et, dans une autre fête,
  La France satisfaite
  Doublera son plaisir.

Aux plages d'Orient, en France, en Algérie,
L'armée est comme nous grandement réjouie,
Et, pour bénir l'enfant, n'a pas assez de voix.
Soldats, il est à vous. Porté par vos phalanges,
  Qu'il passe de ses langes
  Sur l'antique pavois.

Génie, honneur, bonté, piété, noble audace,
Il aura tout ; ce sont les vertus de sa race.
Déjà ces dons du ciel sont dans son cœur d'enfant.
Tous y sont à la fois. Gracieux phénomène !
  Ainsi tout un grand chêne
  Est dans un petit gland.

Prince, daigne agréer mes suprêmes hommages ;
Quatre-vingts ans entiers séparent nos deux âges.
Il ne m'est pas donné de vivre sous ta loi.
Arrive donc la mort ; quelle que soit son heure,
  Ma famille demeure
  Pour t'aimer comme moi.

# LE MONUMENT FILIAL.

*Cet opuscule est offert à ceux qui ont aimé leur mère*
*et qui ne méprisent pas la vie des champs.*

Une pierre taillée en forme d'escabeau,
Gît au pied de mon champ, au quartier du Marteau.
Quand j'y vais voir mon seigle ou mes pommes de terre,
Je passe bien du temps assis sur cette pierre.
Un croissant d'arbrisseaux, par mes soins arrondi,
M'y préserve, en été, des ardeurs du midi.
Quelques fleurs du printemps, exemptes de culture,
A mes pieds, un tapis de mousse et de verdure ;
Puis le chant du coucou, du merle et du pinson,
Qu'on entend tour à tour dans la belle saison ;
Voilà tout l'ornement de mon siége champêtre ;
Mais d'un grand souvenir son aspect me pénètre.

Là, ma mère s'assit, lorsqu'elle vint un jour,
Dans mon modique bien, faire son dernier tour.
Ma pensée, en ce lieu, retrouve son image.
Elle naquit, vécut et mourut au village.

Elle fut mariée à l'âge de vingt ans ;
A l'âge de cinquante, elle avait sept enfants.
Qu'elle fut admirable en ses devoirs de mère !
Que nous étions heureux de l'aimer et lui plaire !
Que nous aimions à voir, dans son regard si doux ,
Le plaisir qu'elle avait à s'occuper de nous !
Elle aimait ses enfants ; mais toujours sa tendresse
Se maintint envers eux exempte de faiblesse ;
Ses avis sérieux n'étaient pas de vains mots.
Elle savait blâmer et punir à propos.

Fier d'un peu de savoir, au sortir de l'enfance ,
Un certain jour j'osai manquer d'obéissance.
Comme je fus puni ! Seul son premier coup d'œil
Me pénétra de honte et tua mon orgueil.
En vain j'obtins merci ; mon âme désolée,
Après longtemps encor n'était pas consolée.
De cette impiété qui dura moins d'un jour,
Mon bon sens revenu redoubla son amour.
Jamais enfant ne fut plus aimé de sa mère,
Jamais mère à son fils ne vécut aussi chère.

Heureux pendant le jour et plus heureux le soir,
Où notre père à table était gai de nous voir !
Son champ lui suffisait pour notre nourriture,
Et nous avions pour boire une source d'eau pure.
C'était bien ; et de plus, le lait de nos brebis
Assaisonnait les mets dont nous étions nourris.
Un parent, un ami, nous faisait-il visite ,
La table n'était pas en état de faillite.
Notre hôte était ainsi bien venu, bien reçu,
Et tout ce qu'il mangeait venait de notre cru.
Que si le visiteur était quelque notable,
Tenant dans le pays un rang considérable,
L'ordinaire changeait, et l'on buvait du vin ;

Les enfants n'étaient pas admis dans ce festin.

Rangés en demi-cercle autour de notre mère,
Le soir, après souper, nous faisions la prière.
Puis il nous arrivait de guerroyer un peu,
Pour être plus près d'elle, assis devant le feu.

Nul temps n'était perdu. Sa vie et sa parole
Nous étaient constamment un lucide symbole,
Qui réglait nos esprits et pénétrait nos cœurs
De la crainte de Dieu, garde des bonnes mœurs.

La veillée, en hiver, s'assemblait à l'étable;
C'est là que notre mère était encore aimable.
Elle nous égayait par des contes charmants,
Ou même prenait part à nos amusements.
Souvent elle chantait, en filant sa bobine,
Quelque vieille légende, à la gloire divine.
Un soir elle chanta, d'un air quasi pleurant,
Le tourment singulier du pauvre Juif-errant.

Durant l'hiver aussi, les femmes du village,
Pour veiller chez ma mère, apportaient leur ouvrage.
Tantôt elles venaient demander ses avis,
Ou se féliciter de les avoir suivis.
Tantôt elles voulaient lui confier leurs peines ;
En tout état de cause elles étaient certaines
De trouver une amie ; et sa compassion
Leur était comme un bain de consolation.

Hélas ! moi-même aussi, j'ai subi des traverses :
Mon début dans le monde eut ses phases diverses ;
Et toujours, quand j'étais plus ou moins abattu,
J'allais dans sa raison retremper ma vertu.
Je me sentais renaître en causant avec elle;

Que n'ai-je pu toujours vivre sous sa tutelle !

Un jour elle mourut.... Après plus de trente ans,
Mon cœur éprouve encor des regrets saisissants.
Quand je ne serai plus, si je devais renaître,
Que de mon sort futur Dieu me laissât le maître,
Je n'insulterais pas à mon premier berceau,
A mes humbles parents, à mon petit hameau.
On ne me verrait pas, en dehors de ma sphère,
Aux riches, aux puissants, demander une mère.
Sans regarder ailleurs, sur-le-champ je dirais :
O mon Dieu, rendez-moi la mère que j'avais.

Une fois jeune encor (je m'en souviens à peine),
Elle alla faire au Laus, une longue neuvaine.
Pendant neuf jours entiers, nous fûmes orphelins,
Pleurant, quoique remis entre de bonnes mains.
Nous pensions nuit et jour à notre mère absente.

Le jour qu'elle revint, nous étions en attente.
Sitôt qu'elle apparut, au-devant de ses pas
Nous courûmes. Soudain nous voilà dans ses bras,
Activant notre joie à bénir sa venue ;
Autant que les enfants, la mère était émue.
Que de baisers donnés ! Que de baisers rendus !
Vingt fois et puis encor ; c'est à n'en finir plus.

O temps vraiment heureux ! O beaux jours de l'enfance !
Salut à la maison où nous prîmes naissance !
C'est là que la famille, en son durable esprit,
Pour le bien social, se forme et s'affermit.

Quelquefois il survient une grande misère,
C'est quand l'aveugle mort frappe une jeune mère.
Pour moi, je plains aussi le sort de tant d'enfants,

A des soins étrangers, livrés par leurs parents.
En funestes effets cette cause est féconde.
Voit-on de mauvais fils, même dans le grand monde,
C'est qu'ils n'ont pas formé leur premier naturel
Aux honnêtes douceurs du foyer paternel.

O ma chère Sophie, aimable et tendre fille,
Qui faites à bon droit l'honneur de ma famille,
Ma mère, plus d'un an, vous tint entre ses bras.
Devant ce souvenir, je ne m'étonne pas
Si l'amour de tout bien dans votre cœur abonde.
Elle souffla sur vous quand vous vîntes au monde.

Ma vieillesse, en vos mains, remet ce monument.
Le soin de le garder vous revient. Seulement,
A l'endroit de mes vers, ne soyez pas sévère.
Depuis près de deux ans je suis octogénaire.
La plume fait défaut dans mes tremblantes mains;
Je ne suis plus qu'une ombre au milieu des humains.

# ÉPILOGUE.

Adieu, mes vers; partez, courez le monde.
Je ne puis pas vous suivre en votre sort.
Je souffre au cœur; ma blessure est profonde.
Mon mal, les ans, tout m'annonce la mort.
Comment vivrais-je? hélas! déjà la tombe
A de moi-même englouti la moitié.
Il se fait temps que le reste succombe.
Je ne suis plus qu'un objet de pitié.
Heureux, du moins, en quittant cette terre,
Si je pouvais égayer mes amis,
Et leur laisser, à titre héréditaire,
Quelque plaisir à lire mes écrits.

O toi, si bonne et toujours plus chérie,
Qui fis trente ans le bonheur de ma vie,
Toi, dont la mort a comblé mes malheurs.
Si j'ai d'un jour suspendu mes douleurs,
Si j'ai souri.... pardonne, ô mon amie!
Ce jour s'en va, je reviens à mes pleurs.

# TABLE.

—

## LES VOGUES DU CHAMPSAUR.

## PIÈCES FUGITIVES.

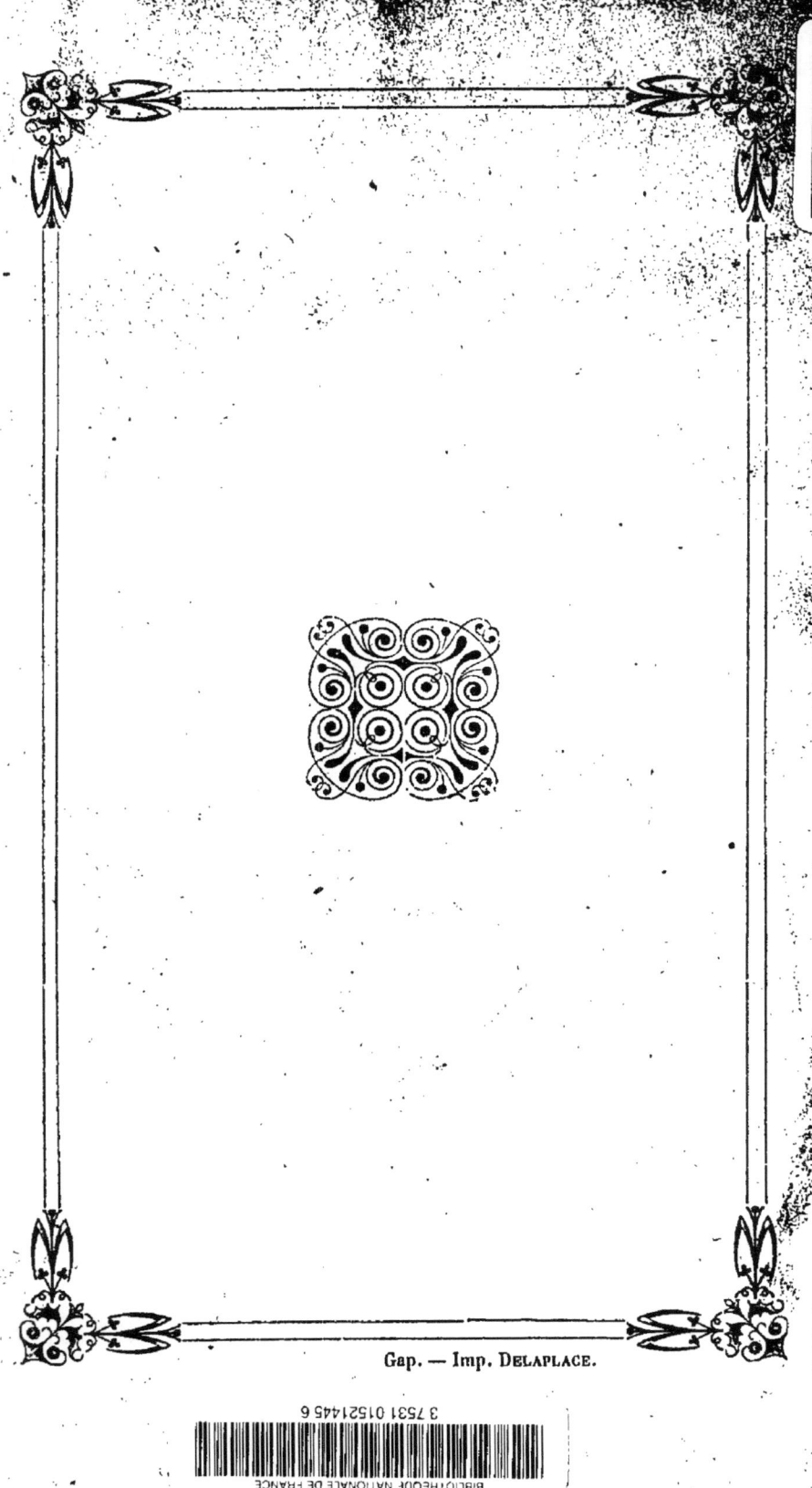

Gap. — Imp. Delaplace.

3 7531 0152144 5 6

BIBLIOTHEQUE NATIONALE DE FRANCE

www.ingramcontent.com/pod-product-compliance
Lightning Source LLC
Chambersburg PA
CBHW070449030726
47503CB00004B/965